中国当代文学名家精品集

落在人间的每一粒沙

安宁 著

成都地图出版社
CHENGDU DITU CHUBANSHE

图书在版编目（CIP）数据

落在人间的每一粒沙/安宁著. -- 成都：成都地图出版社有限公司, 2025.4. -- （中国当代文学名家精品集）. -- ISBN 978-7-5557-2775-0

Ⅰ.I267

中国国家版本馆CIP数据核字第2025FX5053号

中国当代文学名家精品集：落在人间的每一粒沙
ZHONGGUO DANGDAI WENXUE MINGJIA JINGPIN JI: LUO ZAI RENJIAN DE MEIYILI SHA

| 著　　者：安　宁 |
| 责任编辑：赖红英 |
| 特约编辑：胡玉枝 |
| 封面设计：李　超 |

| 出版发行：成都地图出版社有限公司 |
| 地　　址：四川省成都市龙泉驿区建设路2号 |
| 邮政编码：610100 |

印　　刷：三河市人民印务有限公司
（如发现印装质量问题，影响阅读，请与印刷厂商联系调换）

| 开　　本：710mm×1000mm　1/16 |
| 印　　张：13　　　　　　字　　数：200千字 |
| 版　　次：2025年4月第1版 |
| 印　　次：2025年4月第1次印刷 |
| 书　　号：ISBN 978-7-5557-2775-0 |
| 定　　价：68.00元 |

版权所有，翻印必究

《中国当代文学名家精品集》编委会

主　编　王子君

副主编　沈俊峰　陈　晨

编　委（按姓氏音序排列）

　　　　　陈长吟　陈　晨　韩小蕙　李青松

　　　　　聂虹影　孙　郁　沈俊峰　王必胜

　　　　　王子君　徐　迅　朱　鸿

出版说明

2023年春,教育部等八部门印发《全国青少年学生读书行动实施方案》。随后,122家国家语言文字推广基地共同发出"典耀中华"主题读书行动倡议。一些具有文化情怀的出版社和文化公司,立即响应,策划各种适合青少年阅读的图书,《中国当代文学名家精品集》书系应运而生。

《中国当代文学名家精品集》书系由北京世图文轩文化发展有限公司(下称"世图文轩")策划,由成都地图出版社出版。我非常荣幸地受邀担任主编。

世图文轩成立于2010年,系北京市内乃至全国较有影响力的图书发行公司之一,曾获得"重合同守信用企业""诚信经营示范单位"等荣誉称号。长期以来,世图文轩和众多出版社就优质图书出版进行合作,获得了合作伙伴的一致好评。在"典耀中华"主题读书行动中,他们敏锐地抓住机遇,迅速策划主要以初、高中生为读者对象的大型书系选题,显现出他们的眼光、魄力与胸怀,以及对于文化市场的拓展理想。我相信,这样一家致力于图书策划、出版的公司,其品牌信誉是毋庸置疑的。

为成长中的青少年读者集中呈现名家优秀作品,是一件虽然困难,却功在当代、利在未来的大好事,我能参与其中,与有荣焉。我必须以一种高度的使命感、责任感以及担当精神来做好这个书系,成就这件大好事。

令人特别感动的是，刚开始组稿时，刘成章、王宗仁、陈慧瑛、韩小蕙、王剑冰、李青松、沈念等老师就对这个书系表现出极大的支持和信任，并在第一时间提供了书稿以示鼓励。很快，几乎所有得知此书系的作家都认为这是在为作家、为"典耀中华"主题读书行动做一件好事、大事。由此，我和我的临时编辑室成员获得了极大的信心，热情也更加高涨，此后连续十个月，我们整个身心都扑在了这件事上。

一个人只要用心做事，人们是会感受到的，也会默默地予以支持。事实上也是如此。随着组稿工作的开展，我们和作家们的沟通日益频繁，我们发现，他们除了都表现出对这个书系的兴趣与认可，对当代散文创作的发展、繁荣的前景，还有一种共同的期待与信心。这对我们无疑是一种更为巨大的鼓舞与动力。

组稿虽然也费了不少周折，但总体上比想象中顺利得多。当然，非常遗憾的是，一部分作者由于手头书稿版权等原因，未能加盟到这个书系。

组稿只是我们工作的一部分，更为具体、更为烦琐的，是审稿事务，它出乎意料的繁重，也占据了我们比预想的多得多的时间和精力。偶尔，我们也有点儿想放弃了，但是，想着这是一件功德无量的事，又兀自笑笑，继续埋头苦干。在这个过程中，感谢师友们对我们工作的配合、理解、支持与信任。

静下心来，切实感受审读、编辑工作的价值和意义。

书系里，名家荟萃，佳作如林。有的，曾代表过一种新的创作范式；有的，曾开启过一种创作方向；有的，对某一题材开掘出更深更独特的思想；有的，有引领某类题材与风格的新面貌；等等。毫不夸张地说，散文多角度多样式的表达，在这个书系里应有尽有，全景式、全方位地呈现出中国散文几十年的创作成果，是当代散文创作的一个缩影。

总体上，无论是题材、创作方法，还是思想容量，此书系都呈现了散文广阔的视野，让我们感受到散文天地的无垠无际。

具体来说，以下几个特点特别明显：

一、作者队伍可谓老中青完美结合。入选作者的年龄跨度最大达半个多世纪，上有鲐背之年的高龄名将，他们文学生命之树长青，宝刀不老，象征着老一辈散文家依然苍翠的文学生命力；最年轻的三十出头，他们雏凤声高，彰显散文创作的新生力量蓬勃兴旺的景象；一大批中壮年作家，是当代散文创作领域里当之无愧的中坚基石，他们的创作正处于繁花似锦的鼎盛时期，实力毕现。

二、题材多元多样，内容丰富多彩。书系中，既有涉及上下五千年历史的洒脱智慧的历史文化散文，又有让人惊艳的初次涉猎的新颖、独特题材。有人写亲情，有人写风景。有些人写自己的童年，让我们看到其成长时代；有些人写一个城市或一条河流的前世今生；有些人写自己对故乡的记忆，从更有新意的视角表现这个时代的巨变；有些人集中了自己几十年的写作精品，让我们看到他们的创作道路上的足迹；有些人专注于一个主题，开掘深挖，独具魅力；有些人关注时代、关注身边的人和事；有些人剖析自己的内心情感……总之，反映中华传统文化、红色文化和当代自然文学精粹的作品，在此书系里比比皆是，或温暖动人，或鼓舞人心。

三、风格百花齐放，个性特点鲜明。几十部作品，有的侧重写实，有的侧重抒情，有的注重开掘思想，有的追求内容唯美，有的描写细致入微，有的叙述天马行空……表现方式千姿百态。但无论哪种风格，无论如何表达，皆个性鲜明，情感饱满，呈现出思想性、艺术性、可读性兼备的特质，读者可以从中获得不同程度的启发，感受到散文的魅力。

四、女性作者跳出了人们对"女性散文"固有的观念。书系中占有一定比例的女性作者，她们的作品虽然仍保留细腻敏感的特色，但大都呈现出大气开阔、通透有力的格局。她们温柔而现代的行文表达，对读者来说有着更为别致的情感体验和人生借鉴意义。

总之,这个书系,将是我们打造阅读品牌的开端。如果你愿意静下心来阅读,你一定会有所收获。

习近平总书记在文艺工作座谈会上讲话时指出:"优秀文艺作品反映着一个国家、一个民族的文化创造能力和水平。吸引、引导、启迪人们必须有好的作品,推动中华文化走出去也必须有好的作品。"我们希望,这个书系能成为读者眼里"正能量、有感染力,能够温润心灵、启迪心智,传得开、留得下,为人民群众所喜爱"的"优秀作品"。

在此,特别感谢沈俊峰、陈晨两位搭档的通力协作,我的编辑朋友梁芳、胡玉枝的倾力相助,以及世图文轩、成都地图出版社上上下下推进此书系出版的所有领导与师友的大力支持和耐心细致的工作。他们让我感受到了团队的力量。同时,也特别感谢出版方将我和我的搭档的作品纳入此书系,我们把此举视为对我们的"嘉奖"。

上述文字,不敢称"序",不敢称"前言",甚至不敢称"出版说明",仅表达此书系的缘起和一些组稿、审读的感受,也许过于肤浅,还望广大作者、读者海涵。

《中国当代文学名家精品集》主编

目录

第一章 万物

落在人间的每一粒沙 / 3
万物相爱 / 16
大地苍茫 / 29
在黄昏的呼伦贝尔草原上 / 38

第二章 秋收

秋收 / 51
打工 / 58
走亲戚 / 65
丧事 / 72

第三章 草木

麦子 / 81
西瓜 / 88
腊条 / 94
决明子 / 101

第四章　大地

狗 / 109
壁虎 / 115
蚯蚓 / 121
蚂蚁 / 127

第五章　人间

卖煎饼的 / 135
卖豆腐的 / 143

第六章　风雨

风 / 153
雨 / 162
雪 / 174
飞鸟 / 186

第一章　万物

千百万年以来,一切都在发生变化。植物消亡,动物灭绝,人类死去,王朝更迭,但月亮,这将清幽的光遍洒荒野、草原、城市和村庄的月亮,这见证着人间悲欢、生命传奇的月亮,却始终一言不发。

第一章 万物

落在人间的每一粒沙

一

落在巴丹吉林的每一粒沙，都有生命的威严。

即便在荒凉的戈壁滩上，在沙漠尚未侵袭的地方，一样有生命挺立在龟裂的大地上，向着苍天发出深沉的呼唤，祈求雨水降临这片被遗忘的角落。在沙尘暴肆虐的春天，只要有一场淅淅沥沥的小雨，锁阳、绵刺、柠条、梭梭、芦苇、籽蒿、骆驼刺，它们就会将强大的触角，向着天空和沙漠深处无限地延伸；蜥蜴、蛇、骆驼、蚂蚁、甲虫、飞蛾，它们也在金色的黄昏里自由地奔走，让此时的沙漠，散发奇异之光。如果浩浩荡荡的大风，可以将南方的雨水搬运到巴丹吉林的上空，一夜之间，沙漠就会变成绿洲，被沙尘吹皱的人们，也会重现细腻的肌肤。

可是，雨水似乎从未眷恋过这片大地。千百年来，世代栖息的人类，以及所有被大风席卷而来的生命，都以强大的力量，对抗着残酷的自然。因为雨水稀少，白刺、沙蓬会将身体化作一张巨大的网，盘根错节，牢牢锁住脚下的沙土；雨水一来，它们便夜以继日地将上天恩赐的甘霖，转化成生命的汁液，抵抗着一次次将它们掩埋的沙尘。只要抓住一滴雨水，心怀森林梦想的梭梭种子，就可以在两三个小时内，迅速打开生命之门,将根基延伸至地下四五米深处,犹如一把刀子,直插地球的心脏,护佑生存的权利。即便看似贫瘠的白色盐碱地,也不是可怕的不毛之地,人们蹲下身去,会看到生机勃勃的发菜,覆盖着板结的泥土,这片沉寂的大地,因此现出让人动容的荒蛮伟大之力。它们是地球的头发,保护着人类赖以生存的家园,让大风肆虐的塞外戈壁,在缓慢起伏的呼吸中,得以呈现生命的尊严。骆驼们练就了一个月不吃不喝的本领,能准确地嗅到几十公里外的水源,在十分钟内快速喝下九十公斤的水,并学会在风沙中关闭鼻孔,用第三个眼睑阻挡炽热的阳光。蛇在滚烫的沙子中蜿蜒向前,机警地找寻着稀少的猎物。蜥蜴是神出鬼没的幽灵,能用肌肤汲水,并在沙海中随时像闪电般消失不见。

人类也在这片大地上,以顺从但绝不屈服的精神,为生存的自由而战。人类化作坚硬的植物,将根基一头扎进干裂的泥土,为干旱少雨的西北大地,注入蓬勃的生机。巴丹吉林镇上的人们,用贫瘠的土地,养活了一代又一代子孙。为了寻找水源,人们走遍大漠,又花费十几万元,将一口井钻到一百四十六米,却依然没有生命之水喷涌而出。因为水源珍贵,人们将水分成两种。一种叫苦水,用来洗澡洗衣,浇灌菜蔬。一种叫甜水,用来做饭煮茶,虽然这甜水中,也夹杂着沙土的腥味。

每一个抵达此处的旅者,都会被放眼看去无边无际的荒凉震撼。每日鬼哭狼嚎的大风,让他们觉得孤独,仿佛只有逃离,才能幸运地存活下去。可是祖祖辈辈扎根在这片荒漠的老吴并不觉得。他小学毕业后就离开校园,四处闯荡。他放过羊,种过地,捞过卤虫,挖过野菜,轧过面条,当过小贩,做过电焊,挖过水井,跟着驼队运送过盐和碱,在七万平方公里的阿拉善右旗寻找过水源,还开过民宿,当过村支书。他将一生献给了这片土地,并将自己研究生毕业的女儿也唤回了这里。

我们巴丹吉林多好啊,没有比这里更辽阔安静的地方了。每次从外地出差回来,老吴开车行驶在没有尽头的戈壁大道上,注视着大风中静默无声的骆驼,都会发出这样真诚的感慨。他热爱这片土地,旅行者眼中寸草不生的戈壁荒滩,在他心里却是风吹草低见牛羊的美丽草原。禁牧给自然带来珍贵的休憩,让曾遭破坏的家园,重现昔日的生机。

看,草地多么绿啊!巴丹吉林多么美啊!还有那株孤独的榆树,我出生的时候它就一直站在那里,这么多年过去,它依然没有倒下。等我死了,也要和祖辈们一起,葬在朝阳的山坡上。我认识这里大部分草木的名字,如羊胡子、沙葱、灰蓬、驼绒黎、梭梭树、水蓬、沙冬青、茎叶榆、霸王草、芨芨草、紫菀、肉苁蓉、麻黄、甘草……起码有几百种呢。所以戈壁可不是你们想象的那样贫瘠,你如果弯下身去,仔细查看脚下的土地,会发现每一粒沙子都有生命呢!

老吴开车穿行在被无数次淹没又被无数次吹开的大道上,絮絮叨叨地向我讲述着这片大地上的一切,仿佛这是他生命的全部,仿佛星球上只有一个叫巴丹吉林的小镇,这里背靠着近五万平方公里的广袤的沙漠,人们永远走不出这片大漠,也从未想过走出。人们眷恋着这片土地,大风吹不走,干旱也驱不走,他们早已接纳面朝黄沙的命运,并将每一方养育了自己的水土,都用"井"字命名,如周家井、马山井、上端子井、上井子。这些质朴无华的名字,饱含了人们对于水源热烈的渴望。水!水!还是水!这生命之水,是世世代代人们的爱与恨,哀与愁,并深深烙刻进人们黧黑的肌肤,这被大风吹出的色泽,这生命沉淀出的粗粝的底色。

让人却步的巴丹吉林沙漠里,也有旅者想象不到的蓬勃生机。沙漠中的湖泊星罗棋布,多达一百多个,仿佛一头扎进巴丹吉林大漠的深处,是一片无边无际的海洋。而其中滋养了大量飞禽走兽、草木虫鱼的淡水湖,则有十二个。旅行的人们路过清澈的湖泊,总是叹息说,这怎么可以叫湖呢,明明就是水坑。老吴每逢听到,就想告诉那些走马观花的旅者，不，这就是湖泊！是比任何汪洋都要珍贵的湖泊！这是生命之源，如此神奇，又那样宝贵。还有什么比在沙漠中发现一汪清亮的水，更让人意识到生命的珍贵？只有那些从未想过搬离此处的人们，才能真正懂得，这一个又一个天眼一样明亮神秘的湖泊所具有的意义，它们就是永恒，就是希望，就是汩汩流淌的血液。它们浇灌滋养着一代又一代巴丹吉林人，让他们生活在这里，却和任何地方的人们一样，生生不息，闪烁伟大的生命之光。

二

养骆驼的夫妇，来自甘肃武威市的民勤县。西汉时出使西域却被单于扣押的苏武，当年就曾在民勤一带牧羊十九年。苏武"渴饮雪，饥吞毡"却始终不改其志的精神，也深深影响了两千年后的养驼夫妇。他们背井离乡，一家三口抵达巴丹吉林，在戈壁滩上饲养着一百多头骆驼。他们的儿子在镇上负责驼奶的销售，夫妇俩则每日操持着骆驼的一日三餐和挤奶事宜。

一切都是简陋的，仿佛人与房屋都是盐碱地上野生的植物，无人照料，也无需照料。红砖水泥砌成的三间平房里，日常陈设简单到几乎可以席地而坐，一张桌子，两张椅子，一个土炕，一个柜子，一切都以最本原的状态安置。屋梁是一截没有刨净树皮的粗壮的树干，一盏白炽灯正闪着微弱的光，即便这一点光，也要归功于没有任何围栏的院子里，日夜劳作的风力发电机。路过的人们隔着很远，就能看到这片孤独的庭院，惊喜于荒野中忽然映入眼帘的飞快旋转的电机叶片。因为这户袒露在大地上的养驼人家，和他们为之忙碌的嘶鸣的骆驼、奔跑的鸡、吠叫的狗，旅途中的人会在满目荒凉中，心生温暖。仿佛这对夫妇的存在，是一簇燃烧的火焰，或者暗夜中的灯盏。

第一章 万物

在那些无需为骆驼忙碌的暗夜里，偶尔，在瞌睡般昏沉的灯光下，夫妇俩会打开手机，上网看一眼外面繁华的世界。但那个世界，与他们并没有太多的关系。在这片很久都无人路过的戈壁滩上，他们犹如一粒巴丹吉林沙漠吹来的沙子，没有人关心他们的疼痛与欢乐，仿佛在这个星球上，他们并不存在。他们睡去的时候，从不锁门，庭院里的摩托车、三轮车、大卡车随意地摆放着，跟随深夜一起沉入梦乡。母鸡们觉得孤独，会走进驼群，寻找它们身体上遗落的草籽。一条黄狗找不到用武之地，便终日以"庄子"的姿态，躺卧在红色的水蓬上，注视着无尽的远方，偶尔，发出一声深沉的叹息。这叹息划开浓郁的暗夜，在方圆几十里唯一的一户人家的梦中，留下一丝浅淡的印痕，随即又合拢如初。世界在漆黑中，化作混沌的一团。

但这沉睡的荒野上，依然有生命在温柔地起伏，发出均匀深沉的呼吸。昼伏夜出的狼群隐匿在夜幕下，虎视眈眈地嗅着羊和骆驼的踪迹。老鹰在睡梦中扇动了一下翼翅，完成一次想象中的壮丽的翱翔。狐狸蹑手蹑脚地行走在沙地上，在黎明尚未抵达之前，它们有足够的耐心，等待一只沉睡中的沙蜥。野鸭、大雁和天鹅栖息在大漠深处，皎洁的月光将它们的身影，倒映在水草丰美的湖边。大片被人类遗忘的沙枣林，在废弃的村庄里，抬头仰望着苍穹，发出窸窸窣窣的呓语。忘记返回家园的骆驼，虔诚地跪卧在一小片闪亮的水洼旁，关闭清澈的眼睛，将整个世界，纳入怀中。

养骆驼的夫妇，并不关心黑暗中那些散发朴素光芒的事物。他们正当人生的壮年，即便是冷硬的土炕，长年没有更换的陈旧棉被，深秋撞破木门的大风，也丝毫阻挡不了他们沉入睡梦的速度。梦境一次次将他们沉重的肉体，带离千篇一律的琐碎日常，抵达自由开阔的宇宙星空。那些喧哗吵嚷的人间幻象，被阻挡在戈壁与大漠之外。这星辰闪烁的寂静大地，被蜂拥而至的旅行者忘记，却滋养着养驼夫妇漫长的一生。此刻,他们只关心蔬菜、粮食和驼奶,只关心堆放在仓库中的六十吨草捆,那是骆驼一年的粮食。更远的世界,则隐匿在电视里,但那种打开就弥漫着现代文明气息的神奇的电视机,尚未在凌乱的房间里出现。

只有每天开车前来收购驼奶的人,会带来一些外界的消息。那些消息仿佛秋天里追随大风而去的沙蓬草,滚滚而来,又倏忽而去,偶尔遗留在盐碱地上的种子,则被无数单调的白昼与长夜消化,最终化为泥沙,遁入虚空。

更多给予养驼夫妇安慰的,是朝夕相伴的骆驼。它们是天真稚气的孩子,生性好奇胆怯,看到人来,会停止汲水或者进食,在领头驼的带领下,一起朝着来人走去,一直走到那人身边,而后停下脚步,歪头打量着他,好像它们在这里历经太久的孤独,一直期待着这位远方的来客。它们要将全部的热情都奉献给客人,为此它们引吭高歌,将五百公斤的庞大身躯,齐刷刷地横在那人面前,并用不停喷着白色气息的鼻子,去嗅他的衣服,又在那人试图抚摸它们时,调皮地跑开,站在不远处,笑望着他。

骆驼们与养驼夫妇形同家人。小骆驼时不时就会离开母亲,撞开木门,走进房间里东瞧西看,每一样东西在它们看来,都是新鲜的,如同人生初见。偶尔,它们会将桌子上的西瓜皮收进腹中。看到主人走来,便带着一块尚未吞食干净的瓜瓢,仓皇逃走,混迹驼群。主人也只是笑骂一声,并不会过多责怪,好像它们都是自家的孩子,哪个孩子不会贪吃调皮呢?而在这样人迹罕至的戈壁,能有一头呼着热气的生命,甜腻地蹭着你的身体,一颗心怎能不被爱轰隆轰隆地点燃?

在每日有几万头骆驼跋涉穿行的戈壁滩上,生长着无数的咸草,它们尖锐的刺,从未扎伤过骆驼。或许,骆驼才是这里真正的主人,吃下咸草,挤出咸奶,并始终以澄澈干净的眼睛,热烈注视着这片养育了它们的大地。它们在这里出生，在这里游荡，并度过三五十载漫长又短暂的一生。它们在这个世上活过的每一天，都被这片大地收纳，也被沉默的养驼人记录。

三

在人类尚未出现之前，风和水就在额日布盖大峡谷里，来回走了千万次，并在长达一亿年的往返穿梭中，将平坦的岩层，切割出一条巨大的深沟。没有人知道这些记载了地球历史的红褐色岩层里，埋藏了多少恐龙的尸骨，也没有人知道那些神秘相连的洞穴里，栖息着多少岩羊、山鸽、鼯鼠、野兔或者鹰隼。只有站在花草繁茂的寂静谷底，倾听鹰隼天籁般划过长空的鸣叫，注视着大自然鬼斧神工的杰作时，人们才会惊叹这天地造化的神奇。

当自然以其造物主般强悍的力量，在我们所生活的星球上，随意地拼接、组合，将沧海变成桑田，让高山沉没汪洋，人类也在风沙肆虐的残酷自然中，以蚂蚁般渺小又强大的毅力，一次次对抗着摧毁与荒凉，用戈壁滩上以"分"计算的稀少良田，养活了一代又一代子孙。

就在巴丹吉林镇的额肯呼都格嘎查，老吴的母亲用家门口的两分地，养育了四个子女。这个性格刚烈好强的女人，即便八十岁了，依然脊背挺拔，面容高傲，迎着日日吹过戈壁的烈烈大风，英雄般站在门口的大道上，扯着铿锵有力的嗓门，对嘎查里依然活在世上的老邻居们，讲述四个被她打骂过无数次的孩子，而今如何的孝顺听话，并成为让她完全不必操心的野马。她并不记得孩子们心里曾经留下的隐秘的伤痕，她只知道一个人要为了活着，在这片戈壁滩上拼尽全力。她去很远的地方拉来优质的泥土，将二分地改造为可以一茬茬生长出鲜嫩蔬菜的良田。她还花钱购买人畜粪便，将它们晒干后，均匀地洒在田里。

就在这二分人造良田中,年复一年地生长出水灵灵的黄瓜、茄子、豆角、西红柿、辣椒、土豆。老天爷偶尔开眼,在春天降下一两场雨,但大多数时候,干硬的大地裂开狭长的缝隙,向着苍天发出沙哑的嘶吼。吴家老太太一声令下,四个孩子和不善言辞的丈夫,立刻成为供她指挥的英勇兵士。大家拉起装满大桶小桶的平板车,去沙漠的淡水湖里拉水。嘎查里的井早已干枯,人们筹钱打一个,便无奈地抛弃一个,每一口井都空空荡荡,流不出一滴水,仿佛地球早已枯竭,荒芜一片。

夏天,戈壁滩现出宝贵的生机,就连沙漠中也绿意葱茏。人们在二分地上浇水、锄草、捉虫、松土、采摘,而后将蔬菜拿到城里售卖。去集市上卖菜的,永远都是老吴的母亲。老吴的父亲生性沉默寡言,在被母亲骂了几次卖菜没有心眼后,便选择留在家中忙碌,任由大嗓门的母亲在集市上打拼天下。老吴有些害怕母亲,她粗粝的性格仿佛戈壁滩上的寒冬,每次在家中爆发,老吴心里都有刀子划过的痛。但战天斗地的母亲不痛。事实上,她粗糙的肌肤在酷烈的生活打磨中,早已失去了痛感。她能言善辩,机智狡黠,任何一个途经她菜摊的人,都别想空着手离去。就连二分地上种植的菜,也仿佛被她臣服,在短暂的夏天,最大限度地从泥土里汲取营养,为整个家族奉献出生命全部的力量。

晚间的母亲,只有一件事可做,那便是在煤油灯下数钱。一分与一分聚在一起,一毛与一毛靠在一起,这些零碎的钞票,像菜蔬和兵士一样,被母亲摆放得整整齐齐。这些用汗水换来的每一分钱,汇聚起来,化为当空皓月,照亮整个家族。它们供养了四个孩子读书,让他们代替母亲,离开这片祖祖辈辈从未走出的戈壁滩,去看一眼外面辽阔的世界。但他们最终又回到这里,做生意、修汽车、当老师、跑出租,兄妹四个将母亲强悍的生存基因,深深扎入沙漠侵蚀的戈壁滩,并繁衍下新的子孙。那些新成长起来的一代,比父辈走得更远,他们化作大风中滚动的沙蓬草,携带着饱满的种子,从二分地出发,行经北京、海南、江苏、上海……直至走遍大江南北。

如果有谁到过巴丹吉林，一定会被黄昏的戈壁滩上，在大风中静默无声的坟场震动。所有活着的巴丹吉林人，最后都会埋葬在这里。不管他生前落魄还是显赫，贫穷还是富有，都将殊途同归，葬在这片他们不曾离弃过的荒野之中。所有的墓碑，都坐落在阳面的山坡上，每日与活着的人一起，迎接黎明，送别黑夜。活着的人们寻找着水源，死去的人们躲避着沙尘。活了一生的人，怕死去之后，依然每日被大风裹挟，便叮嘱后人，在自己的墓碑前竖起一堵厚厚的围墙，这样，一生咀嚼沙尘的人，死后终于可以在这片洒满阳光的山坡上安息。

从大漠深处吹来的风，每日夹杂着砂石，浩浩荡荡地扫过戈壁滩，发出摧毁一切的嘶吼。这吼声并不让尘世的人们惊惧，但他们却因此怀念死去的亲人。死去的世界是怎样的，活着的人无法知晓，但他们在无数寂寥的夜晚，在那些独自穿行在荒野的冬日黄昏，常常会想起他们的父辈。就像此刻，朝着落日飞驰的老吴，注视着夕阳下静默无声的墓地，想起已经去世的父辈；想起他们曾与他一样，为了子女，在这片大地上艰辛奔波，从未对人生丧失过希望。即便一根电线落在岳父胸前，这残酷的意外，夺走了他四十岁的生命；即便胃癌折磨了父亲大半年，让五十岁的他，最终在痛苦的惨叫声中离开人世。可是，只要他们在人世还能呼吸，就会被一盘热气腾腾的羊肉垫卷激荡着，重新散发对于生活的热望。

所以，活着的人路过这一片墓地，并不会觉得难过。他们会像老吴一样停下来，过去走走，仿佛这些人依然在巴丹吉林小镇上穿梭。人们走过几条街，会看到患阿尔茨海默病的邻居叔伯，还坐在那里，出神地凝视着人来人往的大道。时光慢慢老了，旧了，将老吴记忆中的人，带走了许多，但那些留在大地上的记忆，却依然珍存在老吴的心里。阳光缓缓洒落，他将那些长眠戈壁的亲人，再深情地注视一次，就像他们依然活在尘世，与他诉说着人生中的快乐与哀愁，千万粒沙子落下来，他们只是轻轻抖一下肩膀，便继续漫长的一生。

而额日布盖大峡谷里，那些红褐色的坚硬的砂岩，它们也是无数不复存在的生命的坟墓。这天然的墓碑，记录着早已化为烟尘的生命，记录着他们在这个星球上曾经奇迹般存在的印记。这是生与死抗争搏斗的印记。就像巴丹吉林镇上的人们，即便已经死去，依然要用一堵厚厚的墙壁，抵御烈烈大风的侵袭。

四

在变幻莫测的巴丹吉林沙漠，老李开车如履平地，仿佛他是这片神秘沙海中，一尾自由穿行的鱼，或一株遗世独立的麻黄。他熟悉每一座沙山，就像熟悉故园的一草一木。大风从哪一座沙丘上刮来，又朝着哪一座沙峰刮去；亿万粒黄沙，在静默的夕阳下，折射出怎样奇幻壮美的光华；一座高耸的山峰，如何在遮天蔽日的沙尘暴席卷过后，忽然诡异地消失；而一百多个大大小小的湖泊里，又隐匿着哪些神奇的生命。这些让旅者惊异的沙漠奇观，是老李人生中的日常。他生长在这里，就像一粒沙子落到巴丹吉林，便注定了此后一生的命运。

老李说，他在城市里开车，即便有导航指引，也常常迷路。川流不息的人群，纵横交错的大街小巷，震耳欲聋的机器轰鸣，让他觉得头晕目眩。但他很多次开车横穿巴丹吉林沙漠，却从未迷失过方向。沙漠巡护员的工作，让他像一只蜥蜴，一年四季都在沙海中穿梭来去。旅行的人蜂拥而来，又蜂拥而去。开着越野车探险的年轻人，在老李的带领下兴奋地穿过大漠，便重新消失在遥远的城市。人们只是途经这里，从未想过留下。只有老李，他将这片沙漠当成自己的家园，远方有怎样的故事，与他无关，他一个人开车在沙山中颠簸向前，时而冲上山峰，时而

第一章 万物

滑下山谷,这跌宕起伏的寂静日常,是他最真实可触的当下。当他驰骋在这片荒无人烟的苍茫大地,失去与外界联系的信号,他便成为自己的国王,傲然检阅着广袤无边的疆土上,那些以飞鸟、鹰隼、籽蒿或者沙竹形式存在的兵士。

无疑,老李是孤独的。但他喜欢这样的孤独。他二十岁便结婚,生儿育女,后又离婚。他盘腿坐在芦苇丛生的湖边,向同学老吴和我讲起这些已成过往的人生经历,表情平静,语气平和,仿佛那是漫长人生中小小的插曲,大风吹过,便在纳阔万千的沙海中消失不见,痕迹全无。当他的子女都相继结婚,他索性在每年冬天休假的时候,住进村委会一间存放公共杂物的储藏室,开始一个人生活。

此时的老李,人近暮年,却早已化为一株顽强的梭梭,将根扎进荒漠,以强悍的生命力,对抗着呼啸来去的人生烦恼。他有时候也会骂人,对着那些偷偷跑进沙漠腹地且几乎丧失性命的年轻人。这些年少无知的孩子,并不知沙漠的凶险,放任好奇在荒蛮的大地上蔓延。而他们的父母,则在意外发生后,将责任全部推给老李,指责他没有尽好巡护的责任,才让危险逼近。这时的老李会放弃争辩,选择盘腿坐在沙漠上,背对着焦灼愤怒的人群,看向无尽的远方。那里,除了绵延不绝的沙漠,什么也没有,仿佛浩瀚无垠的宇宙,盛满巨大的空。人类的生死悲欢,在这无尽的黄沙面前,不值一提。

活着是什么,死亡又是什么?当老李孤身一人在沙漠中穿行的时候,一定很多次思考过这两个问题。现在,他走完人生的大半,选择一个人简单地活着,犹如一粒沙子,随风起舞,也缓缓下落,汇入无数的同类,以隐匿的姿态,让生命尽情地舒展。他途经过许多次死亡,锁阳、柽柳、胡杨、沙蜥、鹰隼……生命以干枯尸骨的形式,被浩荡的沙漠记录、掩埋,而后消失为广阔的无。生与死,共存于这片荒凉静谧的宇宙。他历经过黑暗的烈日、酷暑、沙暴、朔风,以及死亡,也欣赏过落日、鸣沙、湖泊、湿地、奔跑的狐狸和飞翔的大雁。所以当人与他谈及人生的琐事：工作、收入、婚姻、儿女、姐弟、纷争，他从不做更多的解释和回应，仿佛所有的一切，都是生命中可有可无的背景。

老李开车带我在沙丘中起伏向前，越野车时而冲上险峻的山顶，时而跌入陡峭的山谷，人心也在沙海中时而冲上巅峰，时而坠入深海。沙漠腹地犹如另外一个时空，这里与世隔绝，除了漫漫黄沙，一片沉寂，死亡化作无声无息的蛇，相伴我们左右。只有偶尔闯入眼帘的植物，以孤寂的姿态，傲然于这片人迹罕至的王国。尘世中所有困扰着人类的烦恼，此刻都被黄沙掩盖，一切都无足轻重，除了尚有呼吸的肉身。而在这永恒的黄沙大漠中，人类行走的肉身，又如此地渺小脆弱，不堪一击。

就在一年前，两个勇猛无畏的年轻人，避开老李的视线，偷偷穿越巴丹吉林沙漠。行至中途，两人便弹尽粮绝，陷入绝境。他们中的一个相信翻越对面的沙山，就可以抵达救命的淡水湖，于是拼命地向上攀爬，最终耗尽力气，在即将抵达峰顶时饥渴而亡；另外一个，则将自己的身体埋入沙子深处，最大可能保存着体力，在奄奄一息之际，终于等到了救援。生与死，不过是一段欲望的博弈。死神傲立于群山，藐视着人间的一切，或许，只有那些将欲望埋入黄沙的人，才能最终抵达寂静的湖泊。

老李多少次途经死神，连他自己也记不清了。也许，他根本不关心死亡。生与死，都只是星球上一粒微不足道的沙子，无数的沙子落下来，便成为壮阔的巴丹吉林沙漠。他一日一日地将生度过，犹如沙子日复一日地下落，消失在苍茫的大地。没有人记住他的生，所有人也终将忘记他的死。

回程时，碰到老李的姐姐，她正在湖边热情地追着游人，向他们兜售着设计简陋的纪念品。老李摇下车窗，探出头去，大声向姐姐打着招呼。姐弟俩互道一句家常，便分道扬镳，各自离去。老李说，他的姐姐也已离婚，独自养育着两个孩子。但烈日下忙碌的她，并没有太多的悲伤，仿佛这样的人生，是上天最好的安排，她起身接纳这粒来自星空的沙子，便可以安然度过此后的一生。

上天洒下多少粒沙子在巴丹吉林，便有多少种命运漂浮在尘世。每一个漂浮的生命，都是降落人间的奇迹。就在生死之间波澜壮阔的沙海上，人们一日日抗争，也一日日接纳。犹如一粒沙子，在肆虐的暴风中发出嘶吼，又在耀眼的阳光下徐徐飘落。

万物相爱

一

在沂水河畔的王羲之故居,我停留了一个下午,并爱上了园中两株缠绕而生的树。

这是冬天。五十万年以前,人类的祖先就在此地繁衍栖息,并创造了远古熠熠生辉的东夷文化。冬日稀薄清冷的阳光穿过阴郁厚重的云层,悄无声息地洒落在居于老城一角的园林里。垂柳,竹林,楼阁,古刹,砚台,水塘,石碑,一切都静默无声,仿佛千万年的苍茫云烟横扫而过,这座古城却波澜不惊,这里依然是孕育了曾子、荀子、王羲之和颜真卿等风流人物的琅琊古郡,依然活在嗜酒暴烈的东夷荒蛮时代。

园林里人烟稀少。古城里的人们,在忙着生计,忙着追逐,忙着琢磨,忙着梦想。进入园林之前,我在被大坝拦腰截住的一段浩荡的沂河水域上,还看到一些漂浮在水面上的死鱼,它们惨白的肚皮,向着灰扑扑的天空,发出生命最后的尖叫。秋天里飘落的树叶,鸟儿衔来的草茎,大风卷来的尘埃,某个男人扔下的烟头,这些原本无缘聚合的人间事物,此刻,它们簇拥着一条条怒目圆睁的鱼儿,发出低低的哭泣。河水一遍遍冲刷着高高的堤坝,瑟瑟冷风带来冬日干枯草木的气息。没有

第一章 万物

人关心一条鱼的死亡，正如一条鱼永远不懂得人类的悲欢。一道栏杆，将烟波浩渺的水面与冰封的大地隔开，也将不同生命间互相抵达的通道隔开。而在大坝的右侧，河水正如谦卑的旅者，以千百年来未曾改变过的自由的姿态，缓慢地流经平原、山丘、湿地，并一路向南、向东，最后汇入黄海。

一条河将根基扎进大地，却将它的一生，放逐在路上。一株树的一生，则始终驻守在脚下，至死都不会离去。一条河把爱与柔情交付给大地、水草、游鱼、云朵、风雨，一条河也可以与另外的一条，汇聚于大海，相守于汪洋。而一株树，却要以合适的距离，在很多很多年中，不停地向着大地和天空伸展，才能与另外的一株，枝叶相触在云里，根基痴缠在地下。否则，它们终生都只能遥遥相望，依靠一只只偶然飞落的鸟儿，传递呼吸，浸染绿意。

可是，就在这片午后寂静的园林里，我却在一个角落，发现了两株深情相拥的树。我不知道它们叫什么名字，在沉寂的冬日，它们一览无余地站在那里，犹如刚刚降临大地的婴儿，全身赤裸，枝干洁净，嫩叶尚未萌发，花朵也无征兆。或许，它们根本就没有花朵和果实。它们可以被叫作桃树、杏树、李树、槐树、榆树，或者女贞。它们素朴简洁的枝干，犹如隐入人群便消失不见的普通人。它们出现在你的面前，又立刻混入千万株树木，让你忘了它们是其中的哪一株。如果你回来寻找，一定会在园林中怅惘失神，仿佛它们已经从大地上消失，仿佛它们从未出现在这个星球上。你只听见风化作游蛇，穿过冰冷的树干，从枝蔓横生的法桐，到直插云霄的白杨，再到窸窣作响的竹林，还有尚存一丝绿意的草地。最后，风席卷了你的身体，你看到满目萧瑟，却只有易碎的阳光，遍洒大地。

但我却决定为两株不知名姓的树，停留下来。因为，我的双脚被它们起舞时发出的幸福的尖叫阻止，似乎前方是满地荆棘，我不得不惊慌地收住前行的脚步。如果两株树遥遥相望,一株居于普照寺旁,每日沐浴晨钟暮鼓,一株长于洗砚池边,在鹅叫声声中临水静默,我必会将它们忽略。但它们却簇拥在一起,仿佛从一粒种子时,就相约不弃不离。也或许,人们刚刚将其中的一株移植到园中,另外一株饱满的种子,便被鸟儿衔着,从远方风尘仆仆地赶来。此时的春天,刚刚抵达临水的古城,万物在鸟雀的鸣叫声中,睁开惺忪的睡眼。一切都是新鲜蓬勃的。煦暖的阳光慵懒地洒满园林,迎春的花朵早已开到荼蘼。僧人诵经的声音,让人想要倚在春天的墙根上,舒适地眯眼睡一会儿。这只从南方飞来的鸟儿,在这璀璨的春光里有些眩晕,于是它张开喉咙,放声歌唱。那粒种子,就这样悄然滑落,隐入泥土。没有人在意一粒种子的消失,就连当初千里迢迢带它来到此地的鸟儿,也呼啦一声飞入高空,将它忘记。于是它在春雨中,永不停歇地向着泥土的深处伸展,又在春天的声声呼唤中,越过其中一株盘绕的根基,在某一个清晨,顶着晨露破土而出。

许多年后的某一天,我无意中途经此地,便看到了这两株将生命舞成热烈的"8"字形的树。夏天时满树氤氲的绿色,已经零落成泥。瘦削的树枝在干冷的草坪上,投下恍惚的影子。它们有着相似的冷寂与淡然,园林中的一切,钟声、鸟鸣、人语、水声,全都化为可有可无的背景,就连日月星辰,也都无关紧要。它们就这样日复一日地相爱,起舞,如痴如醉,物我两忘。一阵风过,它们亲密挽着的手臂,也只是发出细微的颤抖。

它们是如何在漫长的岁月中,执拗地相爱,沉默地起舞,义无反顾,不弃不离?一墙之隔的洗砚池小学校园里,每日传来孩子们的欢声笑语。大雄宝殿里僧人念经的声音,日日穿过故居围墙,散落书院街巷。故居对面的天主教堂,在商贩的叫卖声中肃穆地静立。世间的一切事物,都在这个古城里,按照生命的法则,落地新生,或者衰老死亡。

唯有这两株无名的树，世人将它们忘记，它们也忘记世人。它们只为爱而生。于是，在日月星辰周而复始的交替中，它们默默地积聚着力量，最终跳出这场惊心动魄的生命之舞。

这是两株树无声无息的舞蹈，没有音乐，没有观众，没有掌声。它们指向天空的枝干，正引吭高歌，歌声比水塘中任何一只肥美的大鹅发出的声响，都更高亢嘹亮。它们旁若无人地起舞、对话、倾诉、凝视，以天为幕，以地为席，根基缠绕着根基，枝叶牵引着枝叶，额头轻触着额头。一曲终了，便继续新的。舞蹈便永无休止。

我站在那里，因为这一场盛大的舞会而身心震动。我知道除了人力拔除，没有谁能阻止这一场树与树的深爱。它们来自完全不同的生命，却奇异地相拥在一起，成为完美和谐的一体。这大自然鬼斧神工的造化，终于臣服于两颗心发出的强大的呼喊。

一株树爱上了另一株树，于是它们忘记一切，决定起舞。

我这样想着，深情地再看一眼它们，便转身离去。

二

在北京，一切相距都很遥远，仿佛从南到北，从东到西，隔着十亿个光年的距离。

住在东六环的人，跟住在西六环的人，可能一生都不会相聚。即便在早晚六七点钟的地铁里，东西南北蜂拥而来的人们，好似鼹鼠，钻入血管密布的地下心脏，并在穿越城市心房的呼啸的车厢里，摩肩接踵，耳鬓厮磨，亲如手足，但他们依然不会相识。

住在通州的一个朋友，他每天有三个小时，穿行在地下迷宫一样的地铁里，嗅着来自天南海北的人身体里散发出的可疑的味道。他从未跟任何一个与他同一车厢的人产生过交集，仿佛他们是他呼啸而过的人生列车上,窗外转瞬即逝的背景。但他却在去年的夏天,孜孜不倦地向我讲述过一只斑鸠,如何在他家的小花园里孕育宝宝的过程。他在城市巨大又孤独的轰鸣中,爱上一只迸发出原始生命繁殖之力的小鸟。

一个寂寞的雪天,我从快要将我五脏六腑颠出的地铁里走出,一脚踏进石景山路。夏天时遮天蔽日的高大的白杨,被一场大雪洗去了铅华,此刻,在淡蓝忧郁的天空下,现出洁净素雅的美。枝头的树叶,在刚刚过去的风雪之夜,彻底放逐了自己。昔日枝蔓芜杂的树干,变得清瘦起来。人们看向天空的视线,便愈发开阔空旷。仿佛这世间的隐秘与喧哗,全都消失不见。于是天空清洁为天空,大地回归为大地。

大道两边的草坪上,积满了雪,阳光穿过层层的枝权,洒落在哪里,哪里便银光闪烁,散发出奇幻之美。树下的积雪稀薄,枯草便顶着冰冻的雪粒,在冷风中瑟缩着身体。灌木的枝条被雪压得很低,眼看着快要撑不住了,忽然一只喜鹊扑棱棱飞过,翼翅扫过枝条,积雪四溅开去,宛若一场突如其来的绚烂的烟火。

雪松、柳杉、刺槐、白蜡、银杏、圆柏……一株株形态各异的树,在雪地上错落有致地静立着。被一场大雪过滤后的空气,氧气充足,让人迷醉。这清寂无边的午后,让人心里空荡荡的、冷清清的,好像需要去哪儿寻找一簇火焰,点燃这沉默却又鼓荡的激情。

然后,我便在一条巷子斜伸出来的拐角,看到了那株正在燃烧着的绚烂的金银木。为了这惊鸿一瞥,它似乎等待了很久,又蕴蓄了一整个夏天的激情。那时,它还是一株开满白色花朵的树木,在喧嚣的街头,安静地站在一排白杨的身后,好像它们在烈日下投在草坪上的无足轻重的影子。夏日的花朵太繁盛了,它们热烈地拥挤着,吵嚷着,在大地上争奇斗艳,又在半空中暗香浮动。它们直白地向这个世界呈现着自己,却又因万物皆生机勃勃,而被世人忽略。在这场浩浩荡荡的绽放中,没有人会注意一株金银木,它的花朵并不张扬,甚至在色彩缤纷的夏日,

第一章 万物

这黄白间杂的颜色，被密密匝匝的树叶遮掩着，会被人忘了这是一株正在开花的树。事实上，它们只能被叫作灌木，而不是树木。它们介于花草与树木之间，在街边的花园或者远郊的小树林里，它们纷乱的枝条，与高大的法桐、水杉或者松柏相比，缺乏动人心魄的力量；而跟小巧婀娜的花草相比，它们了无章法的散乱身姿，又不能唤醒人们内心的柔情。

每天有无数匆匆忙忙的上班族，从这株金银木身旁经过，他们连看也不会看它一眼。它漫溢的芳香，好似山间清浅的溪水，被城市巨大的轰鸣声淹没。每一个白日与夜晚，骑单车的人，开豪车的人，快步跑的人，慢步走的人，还有地上行驶的公交，十几米以下疾驰的地铁，万米高空上正穿过云朵的飞机，他们都会经过这一丛灌木，但这株努力向着星空生长的金银木，并不曾被某个人记住它瞬间的芳华。它所站立的地方，拥挤喧哗，又形同虚设。

夏天很快过去，迎来万物肃杀的秋天，树叶雪花般纷纷扬扬地从枝头飘落，天地日渐现出眉目清晰的轮廓。这株像樱桃树一样浑身挂满红色小灯笼的灌木，开始跳入人们的视野。当秋风卷起满街的树叶，哗啦哗啦地在大道上奔跑，或者绕着皮鞋、布鞋、运动鞋、高跟鞋飞旋的时候，这株金银木只是安静地站在那里，像一个孕育着婴儿的幸福的母亲，没有什么能打扰它的宁静。路过的云朵投下一小片阴影，却也只是让它的一部分隐匿在其中，它更绚烂夺目、晶莹剔透的红，在秋天高远的天空下，静静闪烁，不张扬，也不卑怯。那一刻，它是天地间自由诗意的存在。

风愈发紧了。风将硕果累累的秋天赶走，并将自己从一条紧贴地面的冰冷的青蛇，变成席卷了整个城市的呼啸的游龙。风带走了酸枣、银杏、山楂、沙果、葡萄、板栗、毛榛，风带走了一切坠向大地的果实，却让金银木的枝头以愈发浓烈的红，在小巷与大道相交的拐角，火一样燃烧。

风还带来了一场又一场雪。大雪将世界变得洁净，昔日的喧哗与躁动，被冰封成琥珀，在阳光下闪闪发光。一切都是悄无声息的，即便发出声响，也是一只喜鹊落在雪地上，跳跃时惊起的雪落的细微声音。风缓缓吹过，杨树枝干上的积雪，便梦幻般扑簌簌地落下，仿佛一场新的飞雪，又忽然轻盈地降临人间。

住在东六环与住在西六环的人，都走到这里。同样途经此地的，还有一个外地的打工者，一个定居北京十年的新移民，以及偶然途经北京的我。人们都停下脚步，被这雪后满树热烈的红色吸引。风在这个时刻，没有了声息，似乎为了这一簇炫目的红，它悄然消失在崇山峻岭般的高楼大厦之间。天空是清澈透明的蓝，空气中弥漫着积雪洗过的清冽充裕的干枯植物的气息，这气息来自顶着雪花的干草，沉睡的树木，沧桑的松柏，埋藏在雪下的红隼的羽毛，雨燕干燥的粪便，以及鸟雀热爱的金银木酸甜可口的果实。

在寒冷的冬天，日日被觅食的鸟儿们环绕的金银木，并未现出稀疏苍老的面容。它像傲雪的一束火，在洁白的草坪上不息地燃烧着。每一个路过的人，都会放慢脚步，看一眼这熊熊燃烧的火把，而后被缀满枝头的"小灯笼"映红了的疲惫的脸上，便会溢出一抹轻松的微笑。那微笑仿佛依偎着炉火许久，散发出一抹橘红的暖意。

就在这个时刻，那些在北京奔波谋生的人们，他们每日被轰隆轰隆的地铁碾压过的心，忽然发出一声声深情的呼唤。他们想称呼这一株雪中怒放的金银木，叫它母亲、爱人、姐姐、妹妹，甚至故乡。它是他们的亲人，他们在这个人间的一切哀愁、希望、悲欢，都被这一簇火焰点燃。他们因此觉得幸福，仿佛在这个城市奔波劳碌的一切岁月，都具有了崇高的意义。

我驻足停留了片刻，确认已经将这一簇永不熄灭的火，植入了心里，便微笑着继续向前。

三

　　10月末夜晚的闽西山区，重峦叠嶂泼墨一般，与漆黑的夜色融为一体。车在不知有多少道弯的山路上，犹如一条幽灵般的长蛇，蜿蜒向前，并发出嘶嘶的声响。长途跋涉让我有些劳累，而灵蛇山又不知何时抵达，在车驶入又一个新的漫长无边的隧道之前，我终于疲惫地闭上了双眼。

　　不知过了多久，我感到一丝沁凉的风，自车窗的缝隙中吹来，仿佛暗夜中忽然绽放的花朵，缕缕香气从娇嫩的花蕊中溢出，浸入身体每一个敏感的神经末梢。我慵懒地睁开眼睛，随即吃惊地发现，一轮硕大的橙红的月亮，正离我如此之近，似乎只要打开车窗，就触手可及。此刻，这楚楚动人的玉兔，安静地挂在群山之间，将视线好奇地投向人间。人间有什么呢？似乎什么也没有，除了它自己洒下的漫山遍野温柔的月光。

　　山路盘旋向前。于是那轮月亮，便时而化作摇篮，静谧地悬挂在天际；时而躺在前方公路的尽头，调皮地等待我们的车开近；时而与我们捉迷藏，躲到天窗的上方；时而隐入深山，并在一个拐角，猝不及防与我们相遇。如果此时我飞到月亮上去，俯视人间，看到我所乘坐的汽车，一定像一只离开家族的固执的瓢虫，或者迟迟不肯睡去的孤独的飞蛾，沿着阒寂无人的通向无尽远方的公路，做一场长途探险似的飞行。月亮于是一路追逐着它，逗引着它，并因酣眠的人间竟然还有陪它夜行的生命而觉得快乐。

　　有那么一刻，我希望我们的车永远不要抵达终点。我不想看传说中的灵蛇山，因为月光下的每一座山，都已幻化成舞动的精灵。我也不想见山中隐居的友人，因为跟着月亮飞翔，内心比隐居者还要自由。至于期待的万千繁星，它们正在我的头顶，熠熠闪光。此时的风，也是轻的，似乎怕惊醒了沉睡中的蜻蜓、鸟雀、松柏、湖泊。就连河流也静寂无声，像屋檐上的一只猫，穿越月光笼罩下的村庄和农田。如果酣眠中的大地也有梦境，那梦一定是柔软的、飞翔的、轻盈的、花瓣一样细腻光滑的。仿佛月亮有一支魔法棒，轻轻一挥，整个世界便瞬间陷入深深的睡眠。大地宁静，月光温柔，生命在睡梦中发出轻微的战栗。一切恍若死亡，这永恒的依然会苏醒的死亡。

我因这一轮清幽又热烈的月亮，想起了许多个有月亮的夜晚。

有一年，临近春节的冬天夜晚，我在北京五环外人烟稀少的途中，路过一小片树林。积雪尚未融化，一群乌鸦忽然扑棱棱飞起，惊落满树晶莹的白。月亮镶嵌在天窗上，从未离开。这是一片荒野，道路两旁高大的树木，在月光下静默无声。侧耳倾听，有风声自树梢上簌簌传来，仿佛一只无形的手，在轻轻拍打着什么。大大小小的鸟巢，像一团团幽静的暗影，栖息在高高的树干上。每一个巢穴，都是一个宁静的家园，有等待爱人的妻子或者丈夫，也有渴盼父母的嗷嗷待哺的婴儿。只是此刻，它们都睡着了，万籁俱寂，了无声息。只有车驶过不平整的马路，发出一声愧疚的颠簸。除此之外，便只有人细微的呼吸，在夜色平缓的流动中，怕惊扰了什么似的，蹑手蹑脚，进进出出。而月亮，则在长达两个小时的行驶中，一直透过天窗，将洁白的月光，洒落在我的左手上。我伸开掌心，注视着这一小片游动的水银，看它含着笑，那笑是清甜的、活泼的，如山涧的溪水一样，带着湿漉漉的凉意，沁入我的肌肤。我和开车的朋友一路注视着这一小片月光，彼此微笑着，却什么也没有说。

还有一年，在成都湿热的夏日夜晚，我关了房间的灯，坐在26层的飘窗上，俯视整个灯火通明的城市。四周一片寂静，仿佛有一条星光璀璨的河流，正缓缓穿越整个城市。草木繁茂，雨水丰沛，桂花树在湿润的夜晚向疯里长。每一个角落里都是生命，拥挤的生命，密密匝匝的生命，尖叫的生命。而我，坐在高处，倾听着这一场人间的隐秘，仿佛一个通灵师，忍不住想要抬头仰望上苍。我就在那一刻，看到一轮浑圆的月亮，挂在高高的夜空。

这是一轮贪恋人间烟火的月亮，所以它圣洁却又不失妩媚，娇羞却又不乏野性。每一点月光洒落下来，都会给人间带来欢悦。于是，湿漉漉的夜晚，草木们想要一场可以放肆尖叫的快乐。昆虫们匍匐在茂密的草丛里，被月光撩拨得蠢蠢欲动，它们想冲破黑黢黢的夜色，飞到月亮上去；它们想大声歌唱，就像举办一场声势浩大的大合唱；它们想在人类的睡梦中，完成生命的交接。一只岷江上的蜉蝣，此刻就在这撩人的夜色下，完成了它存活于世的唯一的使命——婚配。就在短短的数小时内，它们浪漫地在江面上飞翔、歌唱、絮语、产卵，而后生离死别，永不相见。此时，桂花尚未绽放，枇杷早已上市，桃子鲜嫩欲滴，夜市上有醉鬼摇摇晃晃地走过；而一只蜉蝣，却在月光下，尖叫着度过了它完美的一生。没有人听到它的叫声，犹如万千植物的爱的宣言，也没有人听到。只有一个倚在高楼上的人，和一轮明月，无意中瞥见了这一场末世般的狂欢。

千百万年以来，一切都在发生变化。植物消亡，动物灭绝，人类死去，王朝更迭，但月亮，这将清幽的光遍洒荒野、草原、城市和村庄的月亮，这见证着人间悲欢、生命传奇的月亮，却始终一言不发。

四

还在前往阿尔山的路上，便有一种进入人间仙境的恍惚。道路上人烟稀少，只有乘坐的大巴，在阳光下耀眼的雪地上，发出寂寞的声响。

两边是绵延不绝的森林，因为相隔遥远，所有的树木看上去，便如灰黑色的粗硬的头发，生长在高低起伏的群山之上。这是大兴安岭西南山麓的一个部分。这粗犷壮阔、横亘东北西南的原始森林，总让人想起开天辟地的盘古。《山海经》里最早记录的颇似盘古雏形的人脸蛇身的神怪——烛龙，恰好也生长在北方的极寒天地。这伟大的盘古之神，历经一万八千年，终于劈开天地，而他自己却累倒在地，其后他身体的每一个部分，都化为苍茫的大地："气成风云，声为雷霆，左眼为日，右眼为月，四肢五体为四极五岳，血液为江河，筋脉为地理，肌肤为田土，发髭为星辰，皮毛为草木，齿骨为金石，精髓为珠玉，汗流为雨泽，身之诸虫，因风所感，化为黎甿。"盘古将身体上攀爬的寄生虫，化为黎民百姓，可见宇宙之中，日月星辰、草木金石、江河五岳，皆比我们人类更为长久永恒。在这个星球上，人类不过五百万年的历史，可是恐龙却生活了1.6亿年，而与恐龙同时代的蜜蜂、虱子、蟑螂、海龟、龙虾，至今依然生生不息。但当我站在高处，注视着被群山包围、积雪覆盖的阿尔山，这个犹如一滴圣洁的眼泪一样的小镇，依然忍不住为酷寒中认真生活的人们动容。风从更为遥远的西伯利亚吹来，又被重重的落叶松、樟子松、云杉、白桦阻挡，过滤。当它们抵达这个零下三十摄氏度的小城时，便放慢了脚步，停止了呼啸。它们甚至不忍心拂去树梢的雾凇。于是阳光下的风，便几乎消失了痕迹。人们只有在肥胖的喜鹊林间啄食草籽的时候，会看到风轻轻拂过羽毛；或者在明亮洁净的阳光下，看到被积雪几乎全部掩盖的草尖，正耸着单薄瘦削的身体，在风中发出轻微的颤抖。

　　大巴车将人们停放在小城边上，便继续前行。人拉着行李在雪地上向前，走了很久依然见不到人烟，会有一种与世隔绝的感觉。但这样的隔绝，并不让人觉得恐慌。仿佛时间在此凝固，这里化为极昼，阳光穿越厚厚的冰层，努力温暖着人间。生命可以长达九千年的云杉，与寿命三百年的白桦，以及在世不过百年的人类，共同栖息在这片高寒的大地上。天空是让人忧伤的蓝，那里空无一物，却又似乎囊括了人间的一切哀愁与欢乐。就在与天空一样散发出蓝色光芒的雪地上，无数匹马，正将温热健壮的身体探入大地，寻找睡梦中的牧草。

在长达七个月的冬天，阿尔山有着不被游客打扰的宁静舒缓的节奏。这时的森林、温泉、火山、湿地、山川、湖泊，重新归还居住在这里的人们。一切都在沉睡，一切又似乎苏醒，以一种纯净的梦幻般的色泽苏醒。素白的山林将这个小城装扮成北欧的童话王国，赶马车的人在大街上响亮地甩着鞭子，啪嗒啪嗒地走过。马和人口中呼出的热气，很快凝结成冰，连同悬浮的尘埃一起冻住。

沿着住处左侧的小路一直向上走，会看到许多人家的院子，散落在山脚下。一只狗不知从谁家突然间窜出，看到来人，并没有狂吠，而是友好地歪着脑袋，等待那人小心翼翼地走近。家家户户的屋檐都被积雪覆盖，于是木头栅栏围起的院子，便像一个小小的白色的城堡。就在这热气腾腾的城堡里，女人们正为一顿丰盛的午餐忙碌不休。继续向小巷的深处漫游，会听到刀与案板在热情地跳着踢踏舞。这是元宵之前的小城，人们依然沉浸在过年的喜庆里，游客们还遥遥无期，除了牛羊马群，人们只需要为家人的一日三餐忙碌。有白胖的女人走出门来，隔着低矮的栅栏，微笑着跟邻院的女人说话。栅栏上倒挂着一只奶桶，一双破旧的牛皮靴正站在两块木头中间思考人生，鞭炮红色的碎屑星星点点地洒落在木桩上。再有一场大雪，或许连这些琐碎日常的事物，也会一同消融在无边的白色之中。这些隐匿在高楼大厦背后的古老村落，这些与森林山脉自然相接的小小庭院，这些悄然消失在积雪中的妇人的絮语，让我恍若在虚幻的梦中游荡。

在阿尔山，乡村与城市、森林与草原、群山与平原、湖泊与河流，和谐有序地交织在一起。仿佛树木的年轮，自由流淌，无拘无束，却又遵循着自然的法则。马群在山脊上游荡，红色的马鬃在阳光下闪闪发亮,犹如燃烧的火焰。森林包裹着这一束束火焰,在白茫茫的大地上,向着天空无尽地生长。它们与林中赶马的人,空中翱翔的鸟儿,庭院里传出的轻微的咳嗽,共同构成人间的某个部分——彼此依赖又相互敬畏的部分。

万物有灵,阿尔山的温泉,这从地下汩汩流出的温热的水流,也一定汲取了天地日月的精华,具有了某种神秘的力量。当它们流经我年轻的身体,流经光洁圆润的石子,一种源自森林雾霭般的清新的水汽,瞬间缭绕了我。就在这清澈的泉水中,我第一次发现了身体的美。这不染尘埃、不着一物的身体,如此洁净,似乎,它生来就属于生机勃勃的山野。

就在这座圣洁的小城里,一粒爱的种子植入我的身体。她历经十月,平安抵达这个尘世。我为她取名阿尔姗娜(蒙语"阿尔山"的汉语音译,意为"圣洁的泉水"),因为我曾途经这里,看到过蓝天与雪山、森林、马群猝然相接时的动人心弦,也看到过一滴晶莹的泪珠镶嵌在群山之间;风吹过大地,却不曾留下锋利的刮痕;一只鸟儿扇动着翅膀,掠过冰封的湖面。就在这人迹罕至的酷寒之中,却处处都是生命的跃动:这与广袤自然和谐交融的生命,这弥足珍贵并在宇宙中留下过往印记的生命,这与天地日月一样永恒不息的生命。

第一章 万物

大地苍茫

一

乌兰浩特的天空,有时也是红色的。那红色汪洋恣意,一泻千里,铺满整个辽阔的大地。于是一切都燃烧起来,宛若一场隆重的婚礼即将开启。人站在黄昏永无绝灭的天地之间,犹如宇宙中漂浮的一粒尘埃,渺小而又决绝。夕阳用尽最后的力气,迸射出苍凉的激情,染红即将逝去的此刻世界。一切都在消亡中焕发生机,仿佛婴儿初降尘世,散发神圣寂静之光。

这个时刻,"红色之城"乌兰浩特不再是曾被战争风云席卷的血腥城市,一切动荡的烟尘都被广袤的草原过滤,而后下坠,化为泥土。空气中散发着独属于秋天的清甜,草捆躺倒在大地上,向着苍天发出深情的呼唤。每一棵草都与另外的一棵拥抱在一起,似乎生前它们就曾这样亲密无间。草地宛若没有边际的河流,从高山上倾泻而下,并在秋风扫荡过的大地上,现出黄绿相间的斑驳色泽。就在这清瘦的草地上,归流河如正回家的马群,缓缓经过。牧羊人轻轻挥舞着鞭子,驱赶着羊群下山。金色的夕阳洒在一只孤独的奶牛身上,将它化作一尊圣洁的雕塑。河流,草木,风车,行人,昆虫,花朵,一切事物都在这动人心魄的光影中熠熠闪光。

在乌兰浩特，我想随便找一个山坡停留下来，化作一株草，一棵树，一片云，一只蚂蚁，在四季的风里度过短暂却又自由的一生。或者，只是停留一个闲散的下午也好。大道上什么人也没有，空空荡荡的，仿佛这片草原从未被人发现。偶尔，有汽车疾驰而过，扬起的尘土在阳光里飘浮片刻，随即消失不见。

一个围着粉色碎花头巾的女人，蹲坐在交叉路口，平静地等待人来买她的沙果。沙果是从不远的村庄里，自家庭院的树上采下的。大道上走过的人，隔着低矮的院墙，会看到一株被累累硕果压弯了枝头的沙果树，正满面红光地探出秋天。沧桑的枝干让人知晓它在世间存活的年月，比女人嫁来的时光还要久远。它与进进出出的奶牛、绵羊、母猪、公鹅、猫狗，一起构成家园温暖的部分。

秋天，满树沉甸甸的沙果点燃了女人的心。她站在院子里仰头采摘的时候，想到的不只是缀满枝头的收获，还有更远一些的幸福，沙果一样酸甜多汁的幸福。因了这些琐碎又明亮的幸福，她担着两筐红艳艳的沙果，走在阳光微醺的大道上，觉得人生静寂美好。只有影子陪伴着她。有时，她会低头跟影子说一会儿话，倾诉生活中那些细碎的烦恼，还有茂密丛生的渴望。大道沿着草原伸向无尽的远方，那里有一些什么，女人并不关心。此刻，她只想遇到一个陌生的路人，买下挂满整个秋天的沙果。她也会抬头看看远处的山坡，自家的牛羊正在那里欢快地觅食。邻家放羊的男人挥舞着鞭子，赶着羊群前往阳光丰沛的草地。大大小小的村庄静卧在乌兰浩特，犹如乌兰浩特横亘在蒙古高原。

秋天的乌兰浩特，万物因成熟而趋向谦卑。夏日怒放的繁花，此时也舒缓了节奏，它们不再亲密地簇拥起舞，而是在清冷的虫鸣中思考即将抵达的死亡。一朵曾经在夏日草原上傲然绽放的曼陀罗花，此时以倾听的谦逊姿态，向着大地慢慢俯下身去。它不再关心烈烈大风如何刮过山岗，掠过树梢，吹过田舍，扫过群马；它也不关心有多少果实在秋天里炸裂，轰隆隆开来的打草机，又将把紫色的苜蓿带去何处。此刻，它只想用尽生命中最后的力气，低头亲吻赐予它生命的大地。对于一株花，死亡不是终结，而是沉寂一冬的睡眠，是一场风雪中漫长的梦。数以万计的花朵都将在秋天的乌兰浩特奔赴这一场浪漫之约。它们以枯萎凋零的极简姿态，重新汇聚在一起。正如此刻陷入黄昏的大地，旧的太阳即将消失，而崭新的一轮，又会在漫漫长夜后升起。

　　一株草仰卧在成百上千的草捆中间，并不觉得悲伤。在它与一大片草丛根系相连、翩跹起舞的时候，云朵曾将好看的影子落在它的身上，宛若一幅剪影。清晨的风掠过雀跃的草尖，带走一颗正在睡梦中的晶莹的露珠。一只小鸟在它轻柔的枝叶上舞蹈，并用纤细的双脚，为它写下一首爱的赞美诗。它还亲吻过一粒新鲜饱满的草籽，一片闪闪发光的草茎，并将尖细的嘴唇深入缠绕的根须，追寻一只肥胖的虫子。它也一定卧在湿漉漉的草丛里，倾听过大地的声响，从星球的另一端传来的遥远的声响；或者仰望星空，追逐一颗亿万光年前的星星瞬间划过的痕迹。一只鸟从不关心人间的事。一束离开了泥土的草，也不关心身后的事。它只偶尔怀念过去，追忆一生中葳蕤繁茂的夏日，它曾与无数株草站立在大地上，迎接每一个晨雾弥漫的黎明，也送走每一个万籁俱寂的夜晚。

　　一株草与另一株草会说些什么呢？在秋天的打草机进驻以前，它们从未离开过脚下丰茂的草原。许多年前，它们的种子被大风无意中刮到这里，便落地生根，并与另外的一株草生死相依。成千上万株草，被神秘的力量聚合成宇宙星空下起伏的汪洋。没有人关心一株草与另外的一株草有什么区别，甚至它们的名字，是叫针茅还是冰草，也无人知晓。只有母亲般苍茫的大地，环拥着无数棵草，从一个春天走到另一个春天。

在乌兰浩特，两株草依偎在一起，在春天的阳光里亲密地私语。它们说了很多的话，仿佛要将前世今生的思念，全在这个盎然的春天说完。这样，当它们被打草机带走，去往未知的庭院，一生永别，就可以了无悲伤。途经此地的人们，会惊喜地发现，无数的草汇聚成一条黄绿相间的河流，伸向无尽的远方。荡漾的水面上，还夹杂着去年冬天残留的一点雪白。春风掠过乌兰浩特，两株草发出细微的碰撞，仿佛柔软的手指抚过颤抖的肌肤。要等到夏天，归流河化为脱缰的野马，在草原上撒欢奔跑，两株草的爱才会迸发出更热烈的声响。它们根基缠绕，枝叶相连，肢体触碰着肢体。它们在无遮无拦的阳光下歌唱，它们在漫天星光下歌唱，它们要生生世世，永不分离。如果秋天没有抵达，两株相爱的草并不关心牛羊踩踏或者啃食它们的身体，只要一阵风过，它们又施了魔法般恢复如初。它们在疯狂地生长。它们要将这份爱，告诉整个的草原。

可是，秋天还是来了。它从未在这片大地上迟到。每年的 8 月，夏日的欢呼还未结束，旅行的人们还在涌向乌兰浩特。阿尔山云雾氤氲的天池里，也映出无数行人的面容。就在这个时刻，打草机列队开进草原。两株草即将分离，它们茎叶衰颓，容颜苍老，但它们依然没有哀愁。风慢慢凉了，深夜隔窗听到，宛若婴儿的哭泣。两株草在夜晚的风里温柔地触碰一下，便安然睡去，仿佛朝阳升起，又是蓬勃的一天。死亡与新生在大地上日夜交替，一株草早已洞悉这残酷又亘古的自然法则，所以它们坦然接受最后的生，正如它们坦然接受即将抵达的死。

此刻，我途经乌兰浩特，看到星罗棋布的草捆，安静仰卧在草原上，仿佛群星闪烁在漆黑的夜空。一生中它们第一次离开大地，踏上未知又可以预知的旅程。一株草与另外的一株草，被紧紧捆缚在一起。秋天的阳光化作细碎的金子，洒满高原。泉水从绵延起伏的山上流淌下来，在大地肌肤上雕刻出细长深邃的纹理。空气中是沁人的凉，牛羊舒展着四肢，在山坡上缓慢地享用着最后的绿。

我们将去旅行。一株草嗅着熟透了的秋天，对另一株草深情地说。

是的，我们将穿过打草机、捆草机、车厢、草叉、牛羊的肠胃去旅行。另一株草看着高远的天空平静地说。那里，正有大朵大朵的白云，在幽深的蓝色海洋上漂浮。

最终，我们还会回到曾经相爱的大地。那时，我们的身体将落满干枯的牛粪，绽开烂漫的花朵，也爬满美丽的昆虫。它们这样想，却谁也没有说。

我注视着这一片秋天的山地草原，知道冬天很快就要到来，大雪将覆盖所有轻柔的絮语。而后便是另一个春天，那时，会有另外的两株草开始相爱。就在过去两株草曾经栖息的家园，它们生机勃勃，宛如新生。

二

你若去过巴彦淖尔，走过阴山脚下，便一定不会忘记一粒小麦的芳香。那是几十万年以来，奔腾不息的黄河，浇灌滋养出的河套平原的芳香。

所以我在巴彦淖尔只想看一眼黄河。这条奔腾不息的河流，裹挟着孕育了我生命的一粒沙子，流经9省，浩浩荡荡，最后在我的故乡——齐鲁大地注入渤海。当我想起它，我的心便会生疼。这被一粒沙子硌出的疼痛，时刻提醒着我的来处，我出生成长的华北平原；也时刻提醒着我的归处，最终将会把我埋葬的内蒙古高原。

夜色缓缓下沉，仿佛一滴饱满的墨汁坠入黄昏。就在天地温柔交融的瞬间，我透过飞机的窗户，瞥见广袤无边的库布齐沙漠，在幽静的月光下，犹如巨大的魔毯，铺展在大地上。被长年累月的大风吹出的每一道褶皱，似乎都在向着夜空呐喊：荒凉啊荒凉！卧龙般蜿蜒向前的黄河，随即出现在面前。它横亘在洒满月光的蒙古高原上，静寂无声，似乎早已陷入混沌的睡梦之中。广阔无边的河套平原与绵延起伏的库布齐沙漠，被闪电般的黄河倏然劈开。漆黑的阴山山脉化作一头猛兽，在乌拉特草原与河套平原的夹缝中匍匐向前。微弱又恒久的星光，正穿越距离地球几万光年的神秘宇宙，抵达裹挟着泥沙滚滚东流的黄河。

这月光下恍若梦境的高原，让人心醉。一切正在下落的声响，都轰然消失。只有陷入黑夜的大地，在暗涌中闪烁着隐秘的光泽。

多年前的夏日，在从内蒙古开往故乡的火车上，我以同样惊鸿一瞥的方式，途经黄河。携带着几千公里的泥沙，浩浩荡荡奔赴生命最后一程的黄河，在烈日炙烤的平原上，蒸腾着雄浑磅礴的力量。水汽裹挟着热浪，以一览无余地荒蛮推进的方式，扫荡着一切阻挡一条巨龙般的长河成为汪洋大海的障碍。夏日的风黏稠，窒息，浑浊，干燥，带着一种巷口枯坐的百无聊赖。人在缠搅上升的热气中，仿佛因缺氧而探出水面大口喘气的鱼。只有站在黄河岸边的人，能够在干热中沐浴清凉潮湿的风。这源自青藏高原又洗去一路尘埃的风，这行经过我迁徙并定居的北疆大地的风，这遥远的带着远古祖先梦中呓语的风，飞过巴颜喀拉山，穿过秦岭，越过阴山，行经黄土高原，掠过华北平原，最后在渤海上空缓缓停驻。当火车穿越黄河大桥，我看到生命中血液一样奔涌的河流，它因行经过阴山脚下肥沃的土地，而在华北平原愈发沉郁、舒缓；仿佛它正与我一起，抵达人生的中年，不再愤怒，远离嗔怨，祛除锋利，剪去欲望。被盛夏烘烤着的黄河，在没有波澜也无起伏的大地上，抛去万千的沙尘，只让最洁净的魂魄融入大海。

这是我第一次与黄河相遇，并看到它以悬浮大地的轻盈姿态，汇入深蓝的海域，义无反顾地终结自己作为一条长河的命运。它依然以河流的名字，在大地上日夜不息地歌唱，仿佛北方的流浪歌者。但它又神秘

第一章 万物

地消失于波澜壮阔的汪洋之中，杳无踪迹。它的"消失"，又是某种意义上的新生。生命以更为开阔的方式，存在于宇宙中的一个星球。它不再记得青海的花儿和黄土高原上苍凉的呼喊，也不记得阴山脚下烈烈大风中的苏勒德以及华北平原上翻滚的金黄麦浪。当它忘却生命的形态，以一滴眼泪的咸，离开大地，汇入深海，它便凤凰涅槃，获得永生。记忆与忘却，咆哮与寂静，存在与死亡，就这样消除了对立，融入浩瀚无边的宇宙。

几年后，我站在内蒙古河阴古城附近的黄河浮桥上，仿佛看到两千多年前来到这片北疆大地的王昭君在渡过浮桥前，内心涌动的对于命运的敬畏与不安。北地大风凛冽，卷起漫漫黄沙，沙蓬草裹挟着尘埃在大地上流浪奔走，天地化作呼号的野兽，发出震动山林的吼叫。这塞外的苦寒，让一个女子对遥远的故土生出无限的眷恋与哀愁。命运在酷寒中张开巨大的手掌，一段渡桥，化为命运之手的两端。走过去，生命的轨迹都将改变，而那草原上不停迁徙的命运，也将自此相伴一生。命运站在河流的对面，露出钢铁般的冷硬与威严。最终，一个南方的女子，选择了顺从命运的召唤。

而我，站在浮桥的一侧，注视这古老又生机勃发的黄河。它在风中发出的激越声响，仿佛是跌落平沙的大雁跨越千年的动人的歌唱。青冢上的草黄了又绿，绿了又黄。树木在秋天从容地死去，又在春天安静地苏醒。河边的芦苇，在蒙古高原无尽的长空下，自由地起舞。这空灵不羁的舞蹈，与奔涌不息的河流，追逐着飞沙走石、日月星辰，在大地上永不疲倦地歌唱：长乐未央，长乐未央……

塞外大风日夜不息地吹过黄河，仿佛一头永不被驯服的猛兽，它带走了无数昌盛或者衰败的王朝，却将一个西汉女子的哀思，刻进大漠平沙，并跟随一条漫长的河流，抵达她的生命从未抵达的远方。长夜叩响着门窗，河流撞击着两岸，出塞的女子在哀怨的琵琶声中慢慢沉入梦乡。这北方河流掀起的浪涛，与南方江水激荡的回响，缠绕相生，不弃不离。它们从西部遥遥相望的两座山脉一起出发，行经万里江山，共同谱写出荡气回肠的民族生存史。这历史的瞬间，沉入一个弱小女子的梦中。她在击穿黑夜的浪涛声中醒来，知道迁徙的命运早已融入血液，纵使她百般不舍，终将走过浮桥，化为历史悲壮又闪烁的某个部分。

在阴山岩石上刻下人类崇拜的先人，他们雕刻出的犹如面临末日审判般惊惧的双眸，一定也曾注视过荒凉的大风席卷起这条翻滚的长河。在严苛的自然面前，他们无能为力，只能祈求上天。于是他们刻下山川，刻下河流，刻下飞马，刻下日月，也刻下生死。他们仰望星辰，也俯视大地。洪荒宇宙中盛满先人的敬畏，荒蛮的大地上江河游龙一样咆哮。无字天书烙刻在红色的砂石上，仿佛巨人朝着远古在仰天长啸。古老的黄河日夜冲刷着阴山脚下的大地，带走无数的王朝，也留下肥沃的泥沙。逐水草而居的人们，犹如被大风吹散的蒲公英，在黄河滋养出的河套平原上野蛮生长。月亮高悬在阴山上空，将一半微寒的光，洒在乌拉特草原，又分另一半温暖的光，给万物蓬勃的河套平原。它也不曾忘记乌兰布和沙漠，一千多年前，这里曾是人类繁华的家园，城池遍地，牛羊满坡，而今，只有大风吹出的流沙下埋葬的坟墓与朽骨，在清冷的月光下，讲述着白云苍狗，沧桑变幻。

这浮天载地的长河，曾因凌汛决堤，带来遍地阴森的死亡，也因缓慢深情地"几"字改道，冲击出水草丰美的万里沃野。就在这里，我吃下一口面食，整个被黄河浸润的瓜果飘香的秋天，便都回荡在我的齿间。夏天里千万亩葵花追随着太阳，在河水中投下绚烂的笑脸。秋天里它们与无数的庄稼一起谦卑地低下头颅，身体自由地舒展在大地上，以深情的目光，最后一次注视风起云涌的天空。野草抚过它们枯萎的身体，发出窸窸窣窣的温暖声响。一粒饱满的种子在阳光下炸裂，跌入草丛；一队出巡的蚂蚁迅速捕获住上天的恩赐，在涌动的黄河浪涛声中，浩浩荡荡拖回岸边的巢穴。秋风从遥远的某个地方吹起，带来一缕若有若无的花香。就在这个时刻，桂花迷人的甜香飘满长江沿岸的大街小巷。人们走到落满银桂的树下，抬头看看澄澈明净的天空；人们又走到洒满金桂的树下，低头看看落叶纷飞的大地。就在落花的私语声中，一条蜿蜒北方的大河，与一条横亘南方的大江，听到彼此的召唤，朝着浩瀚的太平洋奔涌而去。

刻下阴山岩画的先人，用惊骇的眼神，向万年后的世人呈示着远古时代人类对于宇宙星空、生命万物、咆哮江河的惊惧与好奇。生命从何处来，又将去往何处？河流隐匿在哪儿，又消失在何方？肉体与灵魂，哪个更接近真实？死亡与新生，谁是开始，谁又是终结？天空与大地，会不会在人类永远无法抵达的边界处相接？落入河流与葬入泥土的生命，谁会腐朽，谁又会永生？一只从恐龙时代飞来的蜻蜓，如何穿过几亿年的沧海桑田，抵达苍茫的蒙古高原？

在巴彦淖尔，阴山下的先人没有告知我们答案，只有一条人类永远无法驯服的河流，穿越古今，生生不息。

在黄昏的呼伦贝尔草原上

一

沿着大道在草原小镇走上一圈,也见不到几个人,仿佛人在连日的阴雨里全部消失,化为湿漉漉的大地的一个部分。只有家家户户的院子里,野草兀自繁茂,蔬菜赶着结实,玉米在阳光下发出啪啪的拔节的声响。

我和 6 岁的阿尔姗娜、查斯娜,当然还有牧羊犬郎塔,以流浪汉一样的闲散,漫无目的地在大道上走走停停。孩子们时而奔跑到篱笆下,看一朵探出头来随风张望的野花,时而好奇地研究一会儿"哈拉盖"一碰就会皮肤红肿的奇怪的叶子,时而数一数天空上变幻莫测的云朵,时而倾听一会儿草丛里昆虫的歌唱。孩子们永远都会有无穷的新发现,好像这条大道的两边,是童话里神秘的魔法城堡。郎塔已是行动迟缓的老狗,但依然跟小孩子一样,爱搞恶作剧,走哪儿尿哪儿。它还喜欢在人家的汽车轮胎上撒尿,趁着两个小伙子刚刚上车尚未发动的间隙,抬起后腿滋上一串尿,便欢快地跑开去,直把一旁的阿尔姗娜和查斯娜笑到龋齿都跟着晃动。

阿尔姗娜还发现了一只青蛙,它已被汽车轧死在马路上风干掉了,只剩下干枯的皮囊,以永恒的奔跑的姿态,定格在大地上。我们蹲下身去看了好久，感慨着这只可怜的青蛙，生前曾经怎样每日在庭院里歌唱；原本，它要穿过马路，去对面的菜园里寻找美味的食物，也或许去参加一场盛大的舞会，于是，它怀着对远方幸福的憧憬，穿过危机四伏的大道，却被飞奔而来的汽车瞬间带离了人间。

我们一路为这只可怜的青蛙祈祷，希望它在天堂里不再遇到疾驰的汽车。马路上时不时地冲出一两只大狗，朝着郎塔凶猛地吼叫。郎塔胆小，不想惹是生非，只溜着墙根快步地走，并用低沉压抑的吼声，表达着内心的愤怒。也或许，它知道自己已是暮年，牙齿松动，毛发灰白，在尘世活不太久，所以就尽可能地节约体力，为主人再多尽一日看家护院的义务。夜晚，我在荒草没膝的庭院里蹲着撒尿，它总会悄无声息地跟过来，似乎怕我被坏人侵袭。而阿尔姗娜和查斯娜不管走到哪儿，郎塔都会像老仆人一样忠心耿耿地跟着，守护着她们。

可是，再老实善良的狗，也会有发飙的时候。经过一家商店时，一只等待已久的高大黄狗和另外一只身材矮小的土狗，忽然横冲过来，朝着郎塔恶狠狠地咬下去。无意迎战的郎塔，终于被激怒了，扑上去便跟两只恶狗撕咬在一起。黄狗的气势瞬间怂了下去，掉头想要逃走，郎塔趁机一口咬住他的脖颈。黄狗大惊失色，迅速挣脱郎塔的利齿。郎塔却早已急红了眼，再次发动猛攻。三只狗于是发疯般撕咬在一起，任由阿妈怎么恐吓驱赶，都无济于事。阿尔姗娜早已吓得躲到我的身后，惊恐地注视着这一场突如其来的"战争"，并为郎塔担心着，不停地问我，郎塔会不会被它们咬死？

还好，郎塔打赢了这场"战争"，另两只狗夹起尾巴，灰溜溜地回到自己的地盘，它们嘤嘤地哼叫着，大口地喘着粗气，甩着一身凌乱的毛发，又用舌头舔舐着被咬伤的腿脚，眼睛则警惕地朝郎塔看过来，提防它再次发起攻击。但郎塔并不恋战，它总是见好就收，瞥一眼两只垂头丧气地蹲伏在地上的狗，便英姿勃发地快跑几步，紧跟上我们。显然，它依然被刚刚的一场混战激励着，浑身散发出年轻时威猛的气息，仿佛它又回到多年以前意气风发的时光。

妈妈，你觉得那只青蛙可怜，还是郎塔可怜？阿尔姗娜忽然问我。

青蛙更可怜吧，它已经死了，至少郎塔还活在世上。我这样回答她。

不，妈妈，我觉得郎塔更可怜。因为它太老了，跟爷爷一样老。阿尔姗娜说。

唉，它们都很可怜，所以我们要爱护小动物，永远不要伤害它们。我叹息道。

像保护大自然一样吗？阿尔姗娜追问。

是的。我注视着满天被夕阳燃烧着的火红的云朵和辽阔苍凉的草原，轻声地说。

二

院子里的鸡时不时地就被凤霞捉来杀上一只，所以它们吃得欢实，跑起来也虎虎生风，就怕一不小心便被凤霞的菜刀带离这片处处都是飞虫和蝴蝶的生机勃勃的庭院。院子里的草都长疯了。我迷恋隐在高高的草丛里撒尿的感觉，好像自己变身为一只野性的狐狸，柔软清凉的草尖轻轻抚过我的肌肤，发出窸窸窣窣的声响。那样的一刻，我仿佛化作成千上万的野草中的一株，化作自然的一个部分，与天空、大地、云朵、风和草原，融为一体。

在这样的庭院里，郎塔的孤独，跟草丛一样深。只要有人在庭院里走动，它就会悄无声息地跟过去，寸步不离地跟着，仿佛它是一个刚刚出生的婴儿，每一个家人都是它存活于世的依赖。

郎塔啊，去睡一会儿不行吗？老是跟着人走来走去，你不累啊？阿妈总是这样自言自语地劝慰郎塔。

可是郎塔并不听。它温顺柔和的眼睛里，始终散发着对家人百分之百的依赖和信任。仿佛这个庭院，是它生命中的全部。即便我已多年没有来过，它依然记得我的气息，在我刚刚踏进庭院的那一刻，它就欢快地跑上来迎接我。就在今天午后，阿妈才发现郎塔前面的左腿上，被昨天的大黄狗咬出一道长长的伤口，伤口周围的毛发脱落了大半，露出鲜红色的肉。但郎塔没有发出一丝呻吟，以至于所有人都忽略了它的伤痛。它只是卧在门口的阴凉里，用舌头不停地舔舐着伤口，以此减轻它永远都无法向我们言说的疼痛。

郎塔真可怜啊！在院子里走来走去的阿妈，不停地絮叨着这句话。似乎这样，她就能帮郎塔尽快地好起来。

阿爸也很可怜。小脑萎缩的他，已经快要走不动了，即便拄着拐杖，也只能虫子一样向前蠕动。可他还是尽可能地劳动，去菜地里锄草。郎塔总是过去陪伴着他，一言不发地卧在草丛里，听阿爸一边干活，一边跟它絮叨。除了不会说话，我看不出郎塔跟人有什么区别，家里每个人说的话，发出的指令，它都能准确地接收到，并给出回应。

郎塔，进来！阿妈这样唤它，于是在大道上闲走的它，便会快跑几步，从阿妈敞开的铁门缝隙里钻进去。

郎塔，别跟过来！阿爸这样冲它说。于是它便乖乖地停住脚步，忧伤地注视着远方。

郎塔，出去！我一边打扫卫生，一边对钻进房间来的它喊道。于是它便扭头走出房间，停在门口，并温顺地卧在地上。

据说10岁的狗，相当于六七十岁的老人。这样说来，郎塔已是暮年。可它依然像年轻时一样尽忠职守，甚至我睡前出门看一眼天上的繁星，它也会立刻警觉地起身，寸步不离地跟着我。

正午，阿妈搬一个马扎，坐在门口的柳树下抬头看天，阿尔姗娜则和查斯娜天南海北地聊着,郎塔呢,就卧在树下的阴凉里眯眼小憩。天空上满是轻盈漂亮的云朵,有的像一座山峰,有的像一条游龙,有的像一匹骏马,有的像一只鹰隼。于是那里便仿佛另外一个人间,无数自由的生命在其中飞翔。它们空灵饱满,风一样在天地间游荡。一切都是轻飘的、柔软的、静寂的。阳光遍洒草尖,微风吹过,大地便闪烁着动荡迷人的光泽。两个孩子沉浸在她们自己的世界里,鸟儿啁啾鸣叫,草茎在空中起舞,牛偶尔发出哞哞的叫声。此外,世界便似乎只剩了我们这一个庭院,它远离尘世,犹如一粒琥珀,在草原的正午散发幽静之光。

如果在这里待一辈子多好!我对坐在马扎上的阿妈感叹。

是啊,你老了来吧,每天都跟神仙一样,真舒服啊!阿妈也这样感叹。

我对凤霞说,永远不要跟风把自家房子卖掉,这将是一笔宝贵的财富。那些用十万二十万就将庭院整个卖掉的人,他们搬去了海拉尔,住进了楼房,靠打工为生,总有一天,他们会后悔的。

是啊,我不喜欢楼房,我还是喜欢有院子的家,我们的院子很大,还靠着河边,以后查斯娜读书走出去了,我们老了,还是在这里住。凤霞注视着窗外拖拉机上一小片跳跃的阳光,无比神往地憧憬着未来。

三

黄昏的时候,满天都是乌云,一场大雨即将到来。饭后,我带阿尔姗娜和查斯娜去河边玩耍。郎塔早就在门口等候着我们了,门一打开,它第一个窜了出去。

大娘,你知道吗,我能听懂鸟语,还能听懂郎塔的话。查斯娜骄傲地向我炫耀。

那郎塔刚才在说什么?我笑着问她。

第一章 万物

它说等等我,我也很想出去跟你们一起玩。

那么刚刚天上飞过的小鸟在说什么呢?

它们在说,快一点儿飞,大雨要来了,要不我们会被淋湿的。

还有一只飞在最后的小鸟,它在说,妈妈,妈妈,我好害怕,雨把我的羽毛淋湿了怎么办啊?阿尔姗娜奔跑着补充道。

经过邻居家一扇天蓝色的大门时,细密的雨点开始落下来,并飞溅到门上,形成好看的图案。

妈妈,快看,雨在门上画画!阿尔姗娜兴奋地喊道。

的确,雨点在门上飞快地挥动着画笔,瞬间便溅出一个俄罗斯套娃,一个可爱的小人儿,一只飞翔的小鸟,一朵闲散的云,一簇怒放的野花,一只爬行的毛毛虫。孩子们兴奋地尖叫着,指认雨点画下的每一幅精妙的作品。很快,雨大了起来,整个大门上便现出泼墨般的豪迈气势,宛若千里江山图。但我们已经没有心情细看,三个人朝着不远处一个打草房车飞奔而去。等我们气喘吁吁地推开房门,一个坐落在草原上的新奇房间,赫然出现在面前。

我从未想到房车会如此设施完备,不仅有煤气灶、烟囱、桌椅、水缸,还有可以睡三个人的上下床,主人还很讲究地铺了木地板。我立刻想,当初怎么不选择在这里写作呢?这几乎就是一个理想的栖息之地啊!

孩子们被这忽然洞开的王国给惊住了,立刻跳上床去,爬上爬下,乐不可支,好像哥伦布发现了新大陆一般。窗户上有一只蝴蝶,不知道何时飞进来的。或许,片刻前突如其来的这场大雨,让它跟我们一样,暂时逃到了这里。餐桌上有一把水果刀,已经有些生了锈。炉灶上的盆子里,放着一大把散乱的面条。一个女人的皮革材质的书包,歪歪斜斜地挂在墙上,已经落满了灰尘。看得出,这是一家三口的房车,女人负责在房间里做饭,男人和他的儿子则外出打草。除了房车,后面还拉着一个硕大的储水缸,过一段时间,打草的人就要返回来取水。在人烟稀少的草原上，水当然是极其宝贵的，除了做饭、喝水、洗脸、刷牙，几乎不用做他途。当然，有时洗脸、刷牙也是可以省略掉的。

郎塔在风雨中安静地守候在窗外，丝毫没有跳上来跟我们一起避雨的意思。不过，一群回家的奶牛经过时，它立刻兴奋起来，追着牛们狂奔，直到它们一溜烟跑上公路，它才停下来，喘着粗气，重新回到房车窗下，等候我们出来。

阴云越聚越多，以至于天空黑压压地紧贴着大地，只有我们所处的位置有一些光亮，仿佛太阳撕开了一个小口，探视着人间。有隐隐的雷声，从遥远的天边断续地传来。我知道一场更大的暴雨即将抵达，于是立刻带上孩子们，一路飞奔回家。

果然，当我们奔跑至屋檐下的时候，倾盆大雨立刻在大地上炸开，草原瞬间陷入无边无际的黑暗。

四

凌晨4点，出门起夜，一抬头，见夜空上竟有一弯细如美人眉黛的月亮，闪烁着清幽冷寂的光。

此时，大地尚未苏醒，一切都在沉睡之中。天际被幽蓝的光线温柔地包裹着，草原仿佛甜蜜酣睡的婴儿。就连郎塔也沉溺在梦乡里，它的呼吸轻柔，身体在模糊圆润的光线中轻微地起伏。空气湿漉漉的，在草丛里走上一圈，鞋袜上便沾满了露水。跺一下脚，水珠滑落在地上，发出细微的声响。大地上了无声息。人语、狗吠、牛叫、虫鸣，全都隐匿在某个神秘深邃的洞穴里，只等黎明到来，阳光瞬间遍洒大地，一切声响，倾巢而出。

有一些人生的烦恼，在这混沌的天地中暗涌。但也只如起伏的波浪，轻轻触碰着千年不腐的礁石；身体翻来覆去，片刻之后，便重新沉入梦中汪洋。

醒来时已是9点。孩子们已经吃完了早饭，安纱窗和修理煤气灶、油烟机的男人，照例开着汽车，用高音喇叭循环播放着招揽广告，绕着小镇慢慢穿行。在广袤的草原上，从一个牧区到另一个牧区，离了汽车是不行的。所以卖蔬菜水果的商贩，也是开着卡车前来。我怀疑配钥匙的人，如果想要寻找一点儿额外的商机，也要开着汽车，来小镇慢慢转上几圈。不过，钥匙在草原上没有用武之地。所有的大门，都只是铁栅栏做成，随手就可以拉开门闩。而房间呢，晚上睡觉也是不用上锁的。尤其大雪封门的冬天，西苏木小镇上几乎没有几户人家，安静得好像另外一个星球；而人，则是这个星球上居住的神仙。

神仙是不怕孤独的，所以凤霞一家三口也不怕孤独。他们反而喜欢这样无人打扰的安静生活。以至于凤霞每次回娘家，住在邻居间只隔一堵墙的院子里，听到早晨鸡鸭牛羊和人沸腾的声音，常常很不适应，总是希望快一点回到草原上去。

而那些更远的只有一两户人家的"嘎查"里，在城市里的人看来，活得更为荒凉。可是他们自己，却从未觉得。

如果有一个可以生产蔬菜瓜果和粮食的院子，一家人就可以在这里一生终老，不需要跟外界发生太多的关联，犹如草原上的一株蓬蒿，在无人关注也无人打扰的安静中，自由地走完一生。

五

每天都会有几只乌鸦，站在电线杆上呱呱地叫着，那寂寥的声音，在空旷中传得很远。我站在院子里，抬头看着它们，很想知道它们在说些什么。可是，它们并不理会我的注视，只是不停息地叫着，用不吉的声响，提示着危机四伏的尘世。

午后跟阿尔姗娜出门，遇到许多有趣的事物。我们见到一枚花朵一样炸裂开来的牛粪，大得犹如脸盆，应是从一头健壮高大的成年奶牛身上坠落下来的。芍药正在人家院子里生机勃勃地绽放，蒲公英遍地流淌，它们总是面临随时被一个孩子无意中采下，并被风吹走的飘零命运。"哈拉盖"浑身有刺，便避免了被人伤害的意外，于是在人家篱笆下，兀自旺盛地生长着，时不时就有无名的野花，穿过"哈拉盖"散乱的茎叶，忽然间闪现。

于是阿尔姗娜便喊：妈妈，看，"哈拉盖"开花了！

我们还看到一朵孤独的牛粪在路边风干掉了，可是它的身体里，却长出两朵优雅的蘑菇。也不知道它们的种子，是经过牛肠千折百转的过滤，重新有幸回到这个世界，还是被某只鸟儿衔着无意中掉落在新鲜的牛粪里，于是便借着风雨，汲取着牛粪中的精华，并有了此刻迎风招展的勃勃生机。我们蹲下身去，好奇地注视着这两朵奇特的蘑菇，仿佛它们是一只可爱的乌龟，或者羞涩的蜗牛，在路边忽然间停下脚步，张望着寂静无声的草原。

郎塔明显老了，家人从未专门喂过它吃的，总是将剩饭随手一倒，它便跟着鸡们开始争抢那点可怜的食物。所以大多数时候，它去河边寻找青蛙食用，有时也去邻居家蹭吃蹭喝。甚至，今天还可怜到跟牛羊一样改吃素食，趴在地上，百无聊赖地嚼了一些青草。

郎塔一定是累了，所以跟着我们跑了一半，尚未到海峰商店，它便停下脚步，任凭我们怎么呼唤，也不肯向前。后来我们丢下郎塔继续向前，无意中回头，发现它已经掉头朝回家的方向走去。

饭后在凤霞家的菜园里走了一圈，见豆角已经爬上木架，开始结实。葱列队成行，剑戟般直指苍天。香菜老得厉害，已经高及人腰，且全都开满白色的花朵。苦菊匍匐在地，叶子散乱不羁。一场大雨导致一天无法光临菜园，柳蒿芽、茄子、黄瓜、青椒们便都朝疯里长，朝苍老里奔，好像童年刚刚过去，就一步跨进了老年，人们都来不及看到它们青春勃发的样子。只有土豆和西红柿，还在慢腾腾地开花。卜留克的果实埋在土壤里，却已经看出脚下的泥土高高地隆起。玉米还没有授粉，尚在拔节之中。6月才开垦出来的菜园，此刻正是最好的时候。

而镇上依然在此处居住的一些人家，隔着栅栏看上一眼，菜园里也是如此生机焕发的样子。女人们只需在菜园里走上一圈，就能有满满的收获。郎塔也爱热闹，看见我和凤霞沿着菜垄走着，它也悄无声息地跟在后面，时而停下来，看一眼硕果累累的夏天。

黄昏的时候，牛羊回家，我见到阿妈口中的"光棍"恩和，他跟贺什格图同龄，35岁，但还没有娶上老婆，每天只跟牛羊马匹为伴。这是一个长得很帅的小伙子，举止中还有一种风流倜傥的潇洒。他的父亲早已去世，母亲去了姐姐家看孩子，于是，他一个人守着偌大的院子独自生活。他自己对婚姻大事看上去并不着急，但外人提起来，总是不免替他叹息，不知那个属于他的女人，何时会来到这片草原。

晚上出门，猛一抬头，发现满天都是繁星。它们微弱神秘的光，正努力地穿透无边的黑夜，洒在苍茫漆黑的草原上。

我对这数以万计的星星一无所知，不知它们来自宇宙的哪个角落，又最终将划向哪儿。它们也无需人类铭记。它们自成永恒，与天地草原一样永恒地存在。

六

今天很热。在树木稀少的草原上，温度一上30摄氏度，又没有风，就会酷热难当。以至于我觉得身体憋闷，喘息困难。还好有雪糕，可以缓解这难熬的酷暑。于是我和查斯娜、阿尔姗娜一人举着一个雪糕，慵懒地半躺在沙发上吃。吃完之后，才觉得世界又恢复了一丝清凉，于是搬个马扎，坐在门口，看着庭院里的野草发一会儿呆。

我猜测院子里大约有不下 50 种野草。除了我所熟悉的灰灰菜、苋菜、地肤、燕麦、狗牙草、马蜂菜、蒲公英、马兰花，还有更多我根本叫不出名字的野草。今天通过软件，得知蒙语中的野草"哈拉盖"，原来在汉语中叫"麻叶荨麻"，又称蝎子草，刺毛有毒，碰触到身体即刻会产生类似荨麻疹一样的剧烈疼痛。今天我经过它们时，就被蜇了一下，脚踝处立刻肿了起来。

阿尔姗娜和查斯娜也对野草产生了兴趣，不断地拔下一棵又一棵草，让我拿手机软件识别。可惜软件并不是万能的，有些根本识别不了，或者只能提供相似度。于是我只好对两个兴致昂扬的小孩子老实交代，我真的不知道这些形形色色的植物到底有怎样的名字和前世今生。

因为我们即将离去，晚饭凤霞决定将那个有着墨绿色油亮尾羽的公鸡杀掉。杀鸡是凤霞的专业，家里的男人们都不敢碰，凤霞抓住鸡的翅膀，提刀在脖子上一割，鲜血立刻喷出，鸡在地上挣扎着扑腾两下，很快便解脱了人间的痛苦，停止了呼吸。站在一旁观看的查斯娜，忍不住双手合十，闭上眼睛说：鸡好可怜啊，我给它祈祷一下吧。

饭后，再次深情地注视这个杂草丛生的庭院，心里竟涌起不舍。夕阳将每株草一一照亮，草茎上细小的绒毛，便在一天中最后的光里，努力散发出微芒。仿佛它们正站在明亮的舞台上，进行着一场盛大的星光熠熠的演出。每一株草茎，都是这个世界的焦点，都有着动人心魄的呼吸。

这是夏天，属于草原的夏天。而我，即将离去。

第二章 秋收

秋天总是让人觉得萧条。地里的大豆啊玉米啊地瓜啊，一收割完毕，整个村子就变得空旷起来。风冷飕飕地吹过来，要将一切都扫荡干净的架势。我在田垄里捡拾黄色的野果吃，在袖子上简单地擦擦，便一口一个吞了进去。我觉得秋天里的自己，就像是一只孤独觅食的野兔，有无处躲藏的空。

第二章　秋收

秋　　收

秋天一到，村子里便有一种焦灼的幸福感。昔日炊烟袅袅的平静的生活，忽然间被打断了。站在大街小巷里八卦别人家生活的女人们，也调转舌头，开始朝自家男人开炮。开炮的目的当然是为了督促男人磨刀霍霍向庄稼。

其实不用女人们唠叨，男人们也知道大展身手的时机到了。秋收的时候，女人们能干啥呢？不过是烧水、做饭、推推板车。当然，女人们根本就不服气，并认为自己是十项全能，什么都能做的。比如掰玉米吧，男人们掰一垄沟的时间，女人们也差不多能跟他们齐头并进，落不下多远。就连被认为是秋收累赘的我们小孩子也自有用处。所以整个秋天，全村老小都是沸腾的，好像那高粱顶上喝醉了酒的穗子，被风一吹，就更加地站不稳，于是一直倾斜下去，快要触到地了，才忽然间又直起来，看一眼这成熟的、芬芳的、醉醺醺晃动着的大地。

和村里所有人家一样，我们家早早地就分了工。我管烧水，姐姐负责做饭，父母去掰玉米、砍玉米秸、收割黄豆，并将玉米、黄豆运输回家。而后全家老小一起上阵，扒玉米皮，编玉米，将玉米搬到平房上晾晒。我喜欢烧水，不仅因为烧水的时候，可以趁势将一块从人家场院里偷挖来的地瓜烤熟，还因为我能一个人在家里烧蚂蚱吃。姐姐是不屑这些幼稚的把戏的，只要我烧开了水，完成了父母交给的任务，她也就不再管我，让我化作院子里的一只蟋蟀，或者一只蜗牛、一朵喇叭花，尽管悄无声息地待着就是了。我最擅长将一个生地瓜变成外焦里嫩的烤地瓜了。我会在烧水前就掏挖干净炉灰，把地瓜放在炉子底下，点燃捡拾来的朽木、树枝或者陈年的玉米锤，便可以坐在炉子旁边，等着水噗嘘嘘地冒着热气自己烧开了。在烧水的间隙，我会将捉来的蚂蚱暂时放在罐头瓶子里养着，喂它点水啊豆角啊之类的吃的喝的，以便一会儿可以肥肥壮壮地供我享用。当然，那蚂蚱一定是田间地头最大号的蚂蚱王。它们绿油油的肥胖壮硕的身体，一看就是喝足了一个夏天的露水，只等着秋天有力气在砍伐干净玉米的田地里，奋力地蹦出人的掌心，或者车轮的碾压。

假如我只顾着玩蚂蚱和翻烤地瓜，没有及时将水烧开、送到地头上给父母泡茶喝，那一定会招来父亲的一顿恶骂。如果我的嘴头子上还有吃烤地瓜时留下的黑乎乎的印记，那就更惨了，几乎会有被累得满头大汗的父亲暴打一顿的危险。所以我再怎么贪玩和贪吃，也还是会记得自己的正职是烧两暖壶水，提到自家地头，并给父母倒茶杯里，再将空的暖瓶提回来，继续烧水。一路上，我会在满载着玉米的板车流里，反刍一下烤地瓜的香甜，和不幸被我吃掉的烤蚂蚱的肉味。蚂蚱的肉也就一块指甲那么大，不够塞人的牙缝，但我却吃得津津有味，将那块肉嚼得烂烂的，充分咂摸着每一丝鲜香，并回忆着片刻前蚂蚱在火里发出的滋滋啦啦的响声，这才咽唾沫，将细小的肉也一起吞了下去。

我每次都会走神，以至于常常走过了自己家的地头，或者被拉板车的大人们吆喝：快让开点，别挡道！这孩子怎么不懂事呢，都忙得火烧眉毛了，她还那么清闲！这话有时候会传到父母耳中去。如果母亲忙得根本无暇关注这些琐事，那么这一灾也就算是过去了。如果母亲恰好上了心，知道我干活心不在焉，就会在看到我的时候，骂我一顿。骂我没有眼色，明明对面邻居的车开过来了，我还不知道避让，小心脑袋给镰

第二章 秋收

刀削掉！我从来不会辩驳什么，而且知道母亲根本没有时间多骂我，因为很快父亲就会在地的那头叫起来，催促她赶快将掰下的玉米捡拾成一堆，等着父亲的下一车来装。我瞅准机会，悄无声息地就溜走了。

一旦第一车玉米倒在院子里之后，我也就别想烤地瓜了。即便烤完了，也没有时间去吃。我被迫坐在玉米堆旁，有些无奈地叹口气，便开始了我的剥玉米的职业生涯。

一整个秋天，我好像都在剥玉米，无休无止地剥着。尤其是夜晚，天已经凉了，露水打湿了我的鞋子，连头发上都好像落满了霜，我也困倦得快要变成玉米里的一个虫子，蜷缩着睡过去了，可是父母因为疲惫而产生的一阵争吵，还是让我强打起精神，又一个一个地剥下去。天上的月亮慢慢成了月饼一样好看的圆，不再是羞涩地蒙了面纱的少女。我抬头看着夜空上饱满的月亮，听着一家人剥玉米的响声，觉得自己快要沉入梦里去了。梦里有什么呢，我也不知，只一心一意地想着走进去了，就是世界上最快乐的事情。甚至中秋节的那一晚，香台上供奉着的我念叨许久的月饼和苹果，也不再让人留恋和想念。直到母亲忽然间注意到了我的存在，对着磕头打盹的我叹一口气，然后放行道：快回屋去睡觉吧！我正一边剥着玉米一边在梦里神游八极，无意中听到这句话，即刻从湿漉漉的玉米皮中跳了起来，轻飘飘地进了房间，爬上床，头刚刚靠在枕头上，便沉沉地睡过去了。

秋天总是让人觉得萧条。地里的大豆啊玉米啊地瓜啊，一收割完毕，整个村子就变得空旷起来。风冷飕飕地吹过来，要将一切都扫荡干净的架势。我在田垄里捡拾黄色的野果吃，在袖子上简单地擦擦，便一口一个吞了进去。我觉得秋天里的自己，就像是一只孤独觅食的野兔，有无处躲藏的空。

所以我总是会在秋天怀念麦收时节的自己。那时候，我会因为有更大的用武之地，而被父母重视并褒奖。我不仅仅会烧水送水，用镰刀收割,看场院里的麦子,帮大人装麻袋,还会给大人们创收——拾麦穗。拾麦穗是我最喜欢的事情,每拾到一株麦穗,就好像帮大人捡了一个大白的馒头一样,是卖馒头的男人"半熟"家笼屉里热气腾腾的大白馒头。而且,去别人家地里拾麦穗,总像占了很大的便宜,心里好不兴奋。我恨不能将村子里所有人家的地都搂一遍,把那些漏掉的麦子全部据为己有。一想到自己家麦场里堆满了我捡拾来的麦穗,而它们又能变成好吃的馒头、花卷、烧饼、油条或者包子,我的心里就美滋滋的,顶着烈日在地里飞快地弯腰捡着,也不觉得辛苦。路上遇到拾麦穗的同行,半大孩子或者驼背老太,大家会相视一笑,而后默默地较着劲,以更快的速度,将这些竞争对手落在后面。

麦收的时候天热,我会直接睡在麦秸垛旁,用几个麻袋就铺成一张床,看着漆黑夜空上的星星,听着池塘里的蛙鸣,还有旁边跟我一样看麦子的女人的鼾声,觉得世界满满的,好像空气里都是麦子的香气。这是夏天的气息。

可是秋天一来,收割之后的大地,就再也没有了这样稠密的气息。一场霜打之后,大地变得有些寂寞,昔日披红挂绿的富裕相,全都被修剪干净,露出落光了树叶的清瘦的枝干。我走在河沿上,觉得石子青苔都是清冷的滑。风凉凉的,从对面的小树林里吹过来。也不知谁在更远处吹着口哨,哨声穿过小树林旁边一片阴森的墓地,那里埋葬着村里死去的男人女人,还有夭折的孩子。我很想知道,死去的村人们,在秋收的时候,会不会被吵得无法安睡,而后探出头来,到自己家玉米地里走上一走?他们依然是生前那样,背着手,弓着腰,唠叨着儿孙们不作为,还顺便将别人家地头的谷子,偷走一小捆,并将它们弄乱了,夹在腋下,假装都是从路上捡拾来的。等他们巡视完了,或许依然不舍得离去,会坐在坟头上,点上旱烟袋,说道说道村里的旧事,还有跟秋收有关的人情冷暖。要等那旱烟袋吸完了,才会起身,拍拍屁股上的泥土,

第二章 秋收

一缩身，重新钻回坟墓里去。

村人们忙着秋收，当然不会想起死去的老人。我也只是在路过坟地的时候，才会想起自己很早就去世的奶奶。想起每次去她的院子里，她好像都在用玉米皮编织好看的坐垫。坐垫可薄可厚，厚的像树墩一样，可以搬到圆桌旁，坐下来将一碗面条呼噜呼噜地吃得干干净净。薄的则适合在地上盘腿坐着编席子用。玉米皮都是晒干了的，讲究的人家，还会将其洗干净了再拿来用。我看着白色的玉米皮，常常会想起它们还长在秆上的时候，我会和小伙伴潜进地里，偷掰人家的玉米，并顺便劈下一把玉米秆上的叶子，捎回家去给母亲蒸馒头用。那嫩绿鲜亮的叶子，大概是所有女人们的最爱，因为把它们铺在箅子上蒸馒头，既不煳锅，还能让馒头吃起来有一股玉米的清香味道。我喜欢在馒头出锅的时候，贪婪地将玉米长长的叶子一起拿出来，吃粘在上面的馒头皮。那皮是焦黄的、酥脆的，好像某种我永远也吃不到的小点心，藏在奶奶家的篮子里。那篮子当然是挂在高高的房梁上，任我如何仰望，奶奶也不肯拿下来给我尝上一口的。

玉米剥完皮的时候，父母会将它们编在一起，一嘟噜一嘟噜地挂在梧桐树杈上。那红的黄的玉米，让已经开始落叶的梧桐树，看起来喜气洋洋的，好像挂了一幅画在上面。那画每天看着，心里都觉得高兴、气派、满足，在树下刷牙的时候，还忍不住想哼一首沂蒙小曲。当然，哪天玉米叶被雨水浸泡得朽了烂了，又被麻雀一啄，忽然间挣断下来，砸了脑袋，就不会哼什么小曲了。父母会发了愁，想着要赶紧弄到平房上去晾干了，剥下玉米粒来，卖了换钱。

于是全家总动员，又开始无休无止地剥玉米粒的浩大工程。有钱的人家里，会买一个剥玉米的小机器，据说将玉米棒扔进去，就自己给剥完了。这听起来很阔气，可是父母也只是聊起时羡慕一下，又让全家埋头一起剥玉米粒了。天已经很凉了，于是战场便转移到屋子里去。每天吃完晚饭，母亲都会拉过一个大盆来，将她已经插出一道"玉米沟"的玉米棒，丢在我们面前。于是房间里便只剩下玉米粒噼里啪啦打在盆上的声音。没有电视，收音机也没有节目，唯一的娱乐，大概就是一家人天南海北地闲扯。母亲总是抱怨钱不够花，让我和姐姐在学校里节约一点。父亲也会跟着附和几句，但很快他就厌烦了这样的烦恼，开始转移话题，比如，考我和姐姐做算术题。

这样的考试，很容易带来危险。我知道一斤玉米值多少钱，我也知道一斤玉米能换多少油条或者馒头，可是，我却无法像父亲要求的那样，准确快速地算出 50 麻袋玉米能变成多少件衣服或者多少斤大饼。我像任何一个伟大的数学家那样，支着下巴，紧皱了眉头，苦思冥想。但我并没有天才们的好命，可以灵感顿开，凭空得到想要的结果。那些奇怪的数字，总是离我很远，好像我天生就跟它们无缘。我不明白父亲一心一意剥着玉米粒的时候，怎么就对换油条的事情那么有兴趣。难道他从小也没有吃够油条，所以才加倍地将这种欲望，放置在数学一塌糊涂的我的身上，试图希望我能给他准确无误的慰藉？还有母亲，明明她没有文化，却也来一起考我。她不钟情于吃，所以她的考题永远都是关于针头线脑的。比如一斤黄豆能买多少尺粗布，一尺粗布能做几个书包？还有 10 个鸡蛋值多少钱，如果换线箍，能换几个呢？

我觉得那个时候，父母一定把我当成了全知全能的神仙，恨不能将肚子里所有对于生活的热望，都通过我的嘴得以实现。如果我回答得准确，他们会满意地丢给我一个玉米棒，让我离开纸笔，继续干活。偶尔还会由此扯开话题，谈及针线的价格，或者粗布质量的好坏。但大多数时候，我没有这样的好运，我总是会被父亲的一声大喝给吓得魂飞魄散，继而吃他一个巴掌。但这样也没有结束呢，父亲会派姐姐来监督我，让我继续算那永远不肯跟我亲密的结果。我坐在那里，憋得快要尿裤子了，只好可怜巴巴地求助姐姐，快将那个要命的结果告诉我吧！如果她能帮我一把,我将来一定真的给她买几斤油条吃。不,哪怕一屋子的、一天井的油条也可以。

我每次都饿得眼冒金花的时候,吃完了饭的父母,才会想起我的存在,一声恨铁不成钢的抱怨,终于肯将我解放出牢笼。那时,我总是脑子晕乎乎的,想,秋天快要结束了吧,这样,等漫长的冬天来了,玉米都剥完卖掉换成了钱,或者变成了玉米面,做成了"咸糊豆"(玉米粥),父母便再也不会无边无沿地给我出算术题了。

可是,秋天它太长了啊!除了玉米,还有大豆、棉花、地瓜、芝麻。地里总有收割不完的庄稼,我也总有千百个理由,被因为忙碌而疲惫不堪的父母苛责。我很想找一个人,问一问他们那里的秋天,除了收获庄稼,也要收获巴掌吗?但我永远都是孤独的长不大的那个小孩,行走在秋天的田垄里,捡拾着棉花、稻谷,啃咬着一丝微甜的地瓜,想着什么时候秋收能够结束,大雪覆盖了整个的田野,一切都寂静下来,而劳累的父母,也终于会有大把的时间可以睡下了。

打　工

　　秋收一结束，村子里便只剩了老弱病残。那些健壮的男人们，能说会道、见过世面的小媳妇们，心灵手巧的女孩子们，想要学个手艺挣钱的男孩子们，全都扛了装着简单行李的蛇皮袋，涌到城市里去打工挣钱。等到人都离开了，沿着村子里的大道走上一圈，会觉得空荡荡的，连狗似乎都只剩了皮毛黯淡的老狗，趴在地上，有气无力地看一眼路人，很没意思地叫上几声，便没了声息。

　　邻居胖婶家的女儿艳玲，比我还小一岁，却比我去过的地方都多，当然，在母亲的口中，她已是能为家里分担烦恼的"女劳力"了。而我，还在读初中，很没出息地连饭钱都要向母亲讨要。艳玲过继给大爷家养着的亲妹妹焕梅，更是生猛泼辣。那一年焕梅也就14岁吧，见到开卡车来村子里挑选女工的老板，她围着人家说了一大堆的好话，就差给跪下了，但还是无济于事。等到老板将车发动起来，那焕梅一个箭步冲上去，拉住卡车的后车厢，挂在上面，再不肯下来。老板从后视镜看到焕梅一脸想要出去闯荡的执着劲，终于心一软，将焕梅收留下来。当然，自此之后，能够挣钱的焕梅，又被胖婶费尽心机从艳玲大爷家里给讨要了回来。

　　我那时候和母亲一样羡慕艳玲与焕梅姐妹，想着她们在我从未抵达过的城市里，一定活得开心极了。不像母亲一辈子都没怎么出过远门，

第二章 秋收

去城里赶一趟集,都喜气洋洋的,好像出了国一样,而且母亲还一定会打扮得漂漂亮亮的。所以我们想象中的艳玲与焕梅,会在下班后,在城市里逛逛街、下下馆子、看看电影、喝喝酒什么的。外面的世界是什么样的呢,我始终想象不出来,也就只能凭借着打工回来的人们的描述,朝那枝干上添加鲜绿饱满的色彩。

我因此恨自己长得太慢,并忧愁自己究竟何时能够将书全给读完,通过高考飞出去看一看呢?而母亲也常常朝我叹息:你什么时候才能够给你爹妈挣一大把钱回来啊?我总是带着浓浓的醋意安慰母亲:艳玲和焕梅挣钱也就一时,等她们出嫁了,看还怎么给家里寄钱花,但我考上了大学,却可以一辈子给你钱花呢!母亲白我一眼:说的比唱的好听,谁知道你考上了大学,又飞到哪儿去了呢!

是的,打工和考学是整个村子里的人们,飞到外面世界去的非常重要的通道。而在很多村里人看来,读书的付出,无疑太过漫长,漫长得好像没有边沿一样。而且,能不能在十年苦读后见到回报,也是一件不确定的事。所以他们更愿意选择可以立竿见影的打工的方式,将孩子们早早地就送出去,而后在半年或者一年后,去银行里将折子一划,便可以收到一笔儿女寄来的丰厚的收入。

母亲怕姐姐跑太远打工,心变野了,所以她也只能委派父亲外出打工,挣一些零花钱。

父亲第一次跑出去打工,是被村里代雨给忽悠去的。代雨去山西挖煤,回来大讲那边怎么能挣钱发财,父亲在一旁闲听着,不知不觉就被吹得天花乱坠的代雨给说动了心,想着去赌上一次,发一笔财,而后回来做一些小生意发家致富。在代雨的嘴里,山西遍地不是乌黑的煤,而是耀眼诱人的金子。只要一脚踏上去,想不沾点金子出来都难。而且挖煤还毫不费力,全是机械,人坐在干净的矿车里,按一下开关,就平稳地下到了矿底,而后吊车一启动,煤就全进了筐,人呢,好像就负责看着，等装满了往外运输。那现代化的挖煤方式，让父亲觉得像共产主义一样，溢满了希望与光芒。

父亲怀揣着一股子理想主义的激情，跟代雨上了路。临行前母亲蒸了一大锅馒头，让父亲带上。父亲就带了几个，然后信心满满地说，等我回来，咱们天天吃面包。我努力地咽了一下口水，想着课本里见到的面包的样子，真希望明天一觉醒来，父亲就带了一大袋子面包，笑眯眯地站在我的面前。

我从此几乎每天都站在巷子口，张望一下父亲离开时的那条路。那条泥路的尽头，是一条通往外面世界去的公路。代雨和像代雨一样外出打工的男人们，就是从这条公路上消失掉，而后将钱寄回家的。那么父亲肯定也会从这条路上带着面包回来。那时候我会昂首挺胸地在小伙伴们面前炫耀下面包的滋味，还要装作有意无意地将父亲可能送给我的新文具带在身上，让小伙伴们看到了，发出一声让我心满意足的赞叹。

我还时不时地朝小伙伴们吹嘘，父亲很快就要回来了，听说他打工去的山西，遍地都是黄金，父亲只是随便去捡拾一些金子回来的。母亲也跟我一样，掩饰不住内心的喜悦，遇到有打工回来的，会变相地夸父亲一句：我们家那口子，也出去了，年底回来，不知累瘦了没。别人听了，就笑嘻嘻地让母亲的虚荣心膨胀一下：哪会瘦了呢，都说山西挖煤的，有钱得很，在外面吃好喝好，肯定变胖了吧。母亲听了心里喜滋滋的，好像真的见到变胖了的父亲，脚步轻快地转身回了家。

父亲在我和母亲这样朝人夸耀了半年之后，终于回来了。他回来的那天，毫无征兆，我和母亲吃完了晚饭，乘凉到星星稀了，便关了灯打算睡觉。刚刚插上门，就听见有人在敲铁门。那声音有些不太自信，很低，但却非常持久，一下一下地，敲得让人心慌。母亲一下子从床上跳下来，朝窗外看了看，当然什么也看不见。我给母亲壮胆，说：娘，我拿手电筒跟你一块去。我没敢说去看贼，尽管我心里其实怕得要死。母

第二章 秋收

亲大概也怕吧，否则不会点点头，示意我跟在后面。

离门口还有几米远的时候，母亲用明显发颤的声音壮胆问道：谁?！门外停了片刻，才小声回复道：我。母亲有些犹豫是不是父亲，但还是走过去，从门缝里看了一眼外面的人。等到母亲打开门，还是不太确定面前这个蓬头垢面、胡子拉碴的男人，就是父亲。是我喊了一声"爹"之后，母亲才忽然哭了出来：你怎么混成这样了?！父亲没吭声，将门锁上，提着去的时候那个黑色的破书包，灰溜溜地进了家门。

打开灯后，母亲还是给父亲打来一盆水，让他洗漱。父亲好一番刷牙洗脸刮胡子，又将脏衣服给脱了，找出干净衣服换上后，才不耐烦地对一旁唠唠叨叨的母亲丢一句：睡吧，我累了，明天再说。

我和母亲一心一意期待着的见面，当然不是这样的。在我们的想象中，父亲是荣归故里，而不是像现在这样破衣烂衫地走进家门。他还会提来一尼龙袋我叫不出名字的稀罕水果，给我买来一书包的漂亮文具。母亲的衣柜里，也会多出几件时髦的衣服来，让她在村子里走上一圈，收获一箩筐女人的啧啧赞叹。而且父亲一定是在白天所有人都出门的时候，气宇轩昂地走进村子里的，而不是像见不得人的小偷一样，选择在夜晚溜进家门。

所有的疑问不用再问，也能从父亲落魄的脸上知晓，这一次出门打工，父亲被人骗了。果然，第二天，父亲心情好一些了，才愧疚地将进了黑煤窑的事情，讲给了我们。想着父亲差一点儿就丢了性命再也无法回来，我和母亲心一软，也就原谅了他。但对夸耀山西煤矿的代雨，母亲还是恶狠狠地骂了一通，尤其在他登门看望父亲的时候，母亲差一点儿将他拒之门外。

我是在很久之后，父亲回忆年轻时峥嵘岁月的时候，才从他口中得知关于山西的只言片语。父亲那时已经可以平淡地讲述这段经历，提及在煤窑里生活的艰辛，推车俯冲而下差点一头栽进深不见底的煤窑里再也爬不上来时，父亲的脸上，看不出太多的难过。他甚至还轻描淡写地告诉我们，他和代雨逃票下车后，想去镇上澡堂里洗个澡的，但捏一捏口袋里薄薄的一张纸币，还是忍住了。那一张纸币，在临近村子的时候，被父亲买了一斤橘子，放在了破旧的书包里。我没有告诉父亲，那一斤橘子的味道，我其实一直念念不忘，酸的，涩的，让人忍不住蹙眉，但我却努力地吃了两个橘子，并咧开嘴巴，告诉父亲，橘子真甜。

父亲再想起打工这一档子事来，已经五十多岁了。只不过，这一次打工是在县城，而不是遥远的山西。那时村子里早已有了萧条破败之气，很少有人再靠种地为生，大家都纷纷像候鸟一样，种完地便离开村子，前往北京、上海或者广东。再或为了儿子能有个媳妇，跑去城郊买一个小产权房，而后骑着三轮到城里去做生意。更有人直接将地给了别人，全家都搬迁至县城。我的父母始终舍不得将7亩地扔掉，也就开始了在县城租房打工的两地奔波的生活。

父亲做的第一份工作，是在园林所里打扫卫生，工作看似清闲，却没有多少时间可以回家劳作。后来无意中他帮园林所疏通了一次下水道后，便走上了专门帮人疏通下水道、更换马桶的路子。这条路不需要老板，也不需要多少技术，只要有体力、有耐心、有吃百家饭的勇气，能够将手机号码牛皮癣似的喷满大街小巷的墙壁，让人能够一眼便可以窥到，而且城管还无法将号码给刮下来，那么就能在县城里时不时地有活可干。当然，有时一天很忙，东奔西走，能将县城绕好几圈；有时，两个手机号码一天都静悄悄的，人枯坐着等得心烦。母亲是急性子，在家里看着父亲无所事事，常常会着急，做饭也做得没有兴趣，一不小心就将饭给烧煳了，或者心不在焉地放了两次盐在菜里，让父亲"呸"一下吐出来，骂上一声。母亲也毫不示弱，于是免不了便是一场战争。

那时的我，已经读了大学，可以免去听他们毫无意义的争吵。只是苦了正在县城借读初中的弟弟，他在租来的狭小的房子里，不知道是该

第二章 秋收

劝阻还是保持沉默,最后看着战争有升级的趋势,他也就只好躲出去,沿着墙根一直走,走到一个养鱼的大水塘附近,在垃圾堆旁边坐下来,看着浑浊的水发呆。偶尔,有小混混会来诱惑弟弟加入帮派,他人老实,怕,跟他们敷衍几句就匆匆走了。最后走来走去,发现没有朋友可找,只好在破旧的租来的房子门口坐下来,看着天空发呆。

这样的生活,在父亲的努力之下,慢慢有了改善。5年以后,父亲便凭借着自己的努力,在县城买了一个二层的小产权房,让全家人自此在县城立了足。这时的父亲,打的工更杂,只要挣钱,他什么都做,他帮人修过水龙头,搬运过东西,改过下水道,安装过马桶,收购过废纸。他从来不嫌弃那些工作太脏太累,尽管因为在城里买了楼房,便因此被村人们嫉妒,并嘲讽他说,干的是挖厕所的臭活,遇到父亲,还故意做出掩鼻而过的举止。但父亲只是笑笑,什么也不说。

吃百家饭,免不了要和形形色色的陌生人打交道。我想,父亲这一生结识的人,大概比走南闯北的我还要多得多。他遇到过小气的中学老师、好心的退休老太太、吝啬的饭店老板、善良的小姑娘,也遇到过赊账不给还狗一样冲他咆哮的包工头。父亲很少给我提及这些或许让他感觉屈辱的经历,他只是回到家,将疏通完马桶的手洗得干干净净,便一脸倦容地坐下吃饭,或者倒头睡去。

只是有一年,弟弟在电话里着急地向我求助,才知道父亲在县城打工原是这样不易。原来,一个做工程的无赖,欠了父亲疏通下水道的3000块钱不给,父亲在一年后上门讨要,被那无赖矢口否认,还找来两个小混混,当场给父亲一个耳光。母亲闻讯后跑过来,本想着帮父亲讲理,却让那小混混拿起棍棒,照头劈来,将母亲一下子打晕在地。父亲很快报了案,但因不知道那个无赖的名字,案件进展缓慢。无助之下,弟弟找我。我震惊心疼,找了一个朋友帮忙催促办理此案。当我告诉父亲,事情会很快解决时,他却装出无所谓的样子,说没事,别操心了,你忙你的。我差一点儿哭出来，想要指责父亲为何一定要找无赖要钱，而且这样的活原本可以不做，可是想想父亲那时一定不想让任何人看到他的尴尬与难堪，也就忍住了眼泪，和他一样假装事情并不重要，安慰几句就匆匆挂了电话。

最终，父亲熬不起打官司的费用和精力，只能同意让弟弟花3000块钱，雇来一个专门负责讨债的人，去无赖那里讨来一万块医药费，私了了此事。这些都是后来弟弟告诉我的，父亲对我只字不提，我也从来不去问父亲与此事有关的更多的细节。我们心照不宣地选择了回避，好像，那是一个身体上的伤疤，只要提起，就会有重新揭开伤疤撒上一层盐的疼痛。

我想起艳玲与焕梅，想起自己曾经对她们在外打工的生活充满了幻想。而今这种幻想，完全地破灭。我想，在天南海北打工的村里人，他们一定有着和父亲一样疼痛屈辱的经历，只是，他们也和父亲一样，选择了沉默，只将那光鲜的一切展示给人。就像那一年父亲从山西逃回家里，选择了在镇上躲过白天，趁着夜色才悄悄溜回村子里一样。

走 亲 戚

在乡下走亲戚，你除了需要备好足够体面的礼品，还得有一张经得起千锤百炼的厚脸皮，随时准备接受亲戚的冷嘲热讽，或者听他们说一些语义模糊却又会让你脸红难堪的双关语。

所以我怕走亲戚，就跟小羊怕见老狼一样。尽管母亲给准备的一提包烟酒糖茶，也不怎么丢脸面，但还是觉得有无所适从的紧张与局促。都说远亲不如近邻，我去胖婶家里玩耍，跟在自己家院子里一样自在，但去近亲姨妈、舅舅或者姑姑家，却百般不情愿，心提得高高的，除非是出了亲戚家门，上了公路，眼看着离自己家越来越近，才会长吁一口气，有犯人离开了监狱的轻松与快乐。

偏偏乡下人最爱走亲戚，好像不走亲戚，人就偏离社会、离群索居了一样。走亲戚是人们彼此沟通有无、互相攀比较劲的一种需要。哪家变得富了，有了秘密了，非得去走一趟亲戚，跟那些有这样那样关系的亲戚"说道说道"，才能释放出内心淤积的东西，重新轻松上路。否则，就那些无人分享的喜怒哀乐，也够将人给压死的。

每年走亲戚的高峰期，当然是过年的时候。好像一道过年的程序一样，大家必须要把所有的亲戚都走一遍。漏掉了哪一个，都会成为一个重大事故，被人在接下来的一年里无数次提及，甚至有可能造成彼此断交的危险。所以为了顾及礼节，我和姐姐、弟弟三个人，需要一起上阵，代替父母去走亲访友。倒是大人们自己，不知是为了避免那些无趣的嚼舌根，还是不想让人知道这一年日子过得紧巴，反而据守在家里，招待前来走亲戚的小孩子们，并旁敲侧击地从他们嘴里，撬一些有用的八卦听听。

在弟弟没有出生以前，走亲戚的任务，基本上都属于我和姐姐。姐姐骑车，后面载着我，前面带着母亲准备好的礼品，晃晃悠悠地就出了村子。那礼品里，必备的是"一刀礼"，也就是新鲜的猪肉。猪肉都是年前就割下的，常常送给第一家亲戚后，过上个十天，兜兜转转，又回到了自己家。母亲眼尖，不用在那刀礼上做记号，就能够看出是不是我们家的。万物守恒，其他诸如红糖啊、饼干啊、鸡蛋啊，最后也会换来价钱相差无几的其他礼品。所以走亲戚，那礼品换来换去，也不会太过吃亏，不外乎你的给了我，我的给了他，他的又转给了你。唯一越走越多的，是各家各户一年来积攒的八卦消息。真真假假，听了来，琢磨一阵，再找人考据求证一阵，也就大致知道了彼此的近况。

乡下人似乎家家户户都有七大姑八大姨，我最怕被她们盘根问底地审讯家中大事小情，又把握不好母亲口中的尺度，一不留神就将那秘密的导火线给哗啦一声扯开了头。结果，好的坏的黑的白的全倒了出来，以至于回了家，被父母一盘问，免不了挨一顿骂，骂我不知道察言观色，怎么就没将亲戚家的信息全套回来，倒是把自己家的事全给说漏了嘴！

所以带着父母的重大使命去走亲戚，跟外交使者一样紧张，嘴里吃着亲戚家做的好吃的，心里却哆嗦着，该不该将亲戚的问题照实全答。招待我和姐姐的亲戚也谨言慎行，怕一不小心我们就会说出一些不合时宜的话来，比如借钱啊求办事啊，谁谁要结婚生子考学需要拿一份礼金啊等等。因为彼此都在琢磨着对方的心思，所以饭便吃得漫不经心，只听得见嘴吧唧吧唧咀嚼和筷子跟碗磕磕碰碰的响声。偶尔一只狗不识

第二章 秋收

趣,跑到圆桌底下找人吐掉的骨头吃,舌头还没碰到那骨头呢,就被主人一声厉喝,给赶出了门。狗于是趴在门口,吐着舌头,气喘吁吁地,有些委屈,也有些气愤,不知这平日里慈眉善目的主人,为何忽然就变了脸,生出这般让狗畏惧的面容。那主人大约也有些不好意思,看狗可怜地哼哼着,将筷子上没啃尽的肉骨头给扔出去,那狗一时有些分神,等肉落了地才反应过来。主人不悦,骂道:这狗,今天有什么事吧,怎么就反常起来,看着怪怪的呢?这话狗当然是听不懂的,而且狗已经咯吱咯吱地啃上了喷香的肉骨头,根本就顾不上看主人的脸色,所以话中之意就被吃饭的客人给听了进去,虽然嘴上跟狗一样嚼着肉骨头,心里却没有狗的单纯,翻来覆去,只想着这招待饭菜的亲戚到底是什么意思,怎么就忽然变得冷淡起来了?

不过这样的冷淡到送别时,却会转变成高涨的热情。这热情来自于客人提来的一包礼。这礼究竟留下多少,带走多少,是有很大讲究的。一般说来,留一半送一半,是基本的规则。但即便大家遵守了规则,还是要来一番虚假的客套。这客套也不知是谁发明的。我每次都怕这最后的一个环节,总想赶紧逃掉,不想看母亲跟那来走亲戚的将一包好像价值连城的礼品推来搡去,一个坚持要全留下,一个执拗地要带走一半,两个人各不相让,互不服输。干这事的当然都是女人们,没有哪个男人愿意跟一包糖或者一瓶罐头过不去。有时候两三岁的小孩子,不懂父母跟亲戚家的这些虚假的客套,以为他们吵了架,会在大人们的肢体推搡里,哇一声吓得大哭起来。这一声哭,是很好的休止符,让斤斤计较的大人们见好就收,也让那一包糖或者瓜子,得到其最终的归宿。

这些烦人的礼数,我完全不在行,但却要硬着头皮,被母亲千叮咛万嘱咐地去完成任务。好在我们家亲戚不多,常常走的也就大姨和小舅家。那些脸面相差无几、让我分不出谁是老大、老二、老三、老四的四个姑姑,被父亲和他的两个兄弟给平分了,每隔三年走一次。我当然还是有大舅和二姨的，只是不知哪年哪月的规定，我们家和大舅、二姨家，逢年过节再也不走动了。我猜测这是历史遗留问题，基本上也逃不出金钱和礼节等带来的相互误解。据母亲说，二姨是因为搬到县城之后，开商店发了财，瞧不起我们这些穷亲戚，怕有事没事就去求他们办事，当然更主要的是借钱，所以主动断绝了与我们的来往，以至于在我的印象里，几乎没有过二姨的影子。当然，对我来说，有没有这个二姨都无所谓，我原本就不喜欢走亲戚，少了一家，我还觉得过年时轻松了一些，无需在一个不远不近的亲戚家里枯坐上一上午，只为了吃一顿不怎么丰盛的饭菜，留一两包礼物，就完成了过年的仪式。

而我的大舅，我也是在即将去读大学的那个暑假，才突然知道了他的存在。好像在此之前，我从未有过大舅一样。想起来，大舅是母亲的哥哥，他们兄妹两个怎么就落到互不来往的地步，谁也说不明白。大概各自成家后，彼此琐事增多，儿女成群，也就顾不上这同胞的情谊，于是慢慢地走动少了，关系也就淡了，以至于我们这一辈人，连母亲曾经有过这样一个大哥都不清楚。那年高考完后，姐姐带我去大姨家走亲戚，离开的时候，不知怎么大姨就叮嘱姐姐带我去附近大舅家坐上一会。姐姐比我年长，也比我更懂得礼节之类的重要，所以尽管母亲并没有让我们拜见大舅，她还是遵照大姨的指示，在路过大舅家的时候，折进去坐了片刻。姐姐每年都走亲戚，所以她大概知道我们还有一个亲戚是大舅。大舅有三个儿子，每个都需要他拼命挣钱盖房子娶媳妇。所以相比起来，他比母亲更为辛苦。我第一次见到他，看着那张跟母亲有些相似的脸，觉得人生真是奇怪，他与母亲的血缘关系，究竟是怎么到我们这一代就忽然间停止了呢？而我跟这个叫大舅的男人的儿女们，更是从未谋面，或许，曾经谋面过，彼此却并不知晓大人们之间曾经有过互相关爱的兄妹时光。

大舅看到我们有些诧异，但还是按照礼节给我们沏了茶水。虽然是孩子，不怎么喜欢喝茶，但那茶水却和大人一样的规格，绝不会少上一撮，或者低上一等。大舅很快停下手里的活计，陪我们两个对春种秋收并不在行的孩子聊天。对于已经当了爷爷的大舅的陪聊，我和姐姐都有些拘谨，在大舅一声声"喝茶"的客气相劝中，小心翼翼地一口一口抿着并不知道是什么滋味的茶水，并在大舅提壶给我们续茶的时候，客气地用手护住杯口，连连说几句"不用了，满着呢。"

大约这样持续了有半个小时吧，我用眼神示意姐姐，礼节是不是足够了，我们该回家了吧？还不等姐姐接到我的暗示，大舅忽然就咳嗽一声，小心地问道：你们这次来，是有什么事吧？我和姐姐面面相觑，不知道该如何回答大舅的问话。而大舅见我们姐妹保持沉默，又紧跟着加了一句：有事你们说就行。我笨嘴笨舌，也不打算做这样尴尬的"外交部发言人"。倒是姐姐，红着脸说了一句：真的没啥事，就是我妹妹考上大学了，顺路过来看看您。我以为大舅会为我高兴，表示一下微微的羡慕与夸赞，不想，他却好像明白了什么似的，"哦"了一声，然后便再没有了问话。

我和姐姐当然很识趣地起身离开了。而那个我此后再也没有见过的大舅，还一个劲地跟在身后问我们：真的没有什么事了吗？我想大舅或许还想追问一句：是不是这次来，要考上大学的喜酒钱？但到底谁都没有说破。我和姐姐，并未想要去大舅家里讨一百块喜酒钱，而坚持认为我们无事不登三宝殿的大舅，大约在我们离去之后，还会花费很长时间，想方设法去大姨家打探我们此行的真正意图。

但我其实也并不怎么喜欢大姨。尽管她跟我们家算是走动最为频繁的亲戚，不比那些势利眼的姑姑们，在我考上大学后，还要打探那大学到底是否正宗本科，又是不是花钱买的。而在得知我毕业后或许只能当一名普普通通的中学老师后，又百般嘲讽老师是天底下最没出息的职业。不怎么喜欢大姨，我想大概是因为大姨家的两个儿子都通过考学得到了一份正式工作，而且姨父还有一笔不菲的退休金，让他们老两口可以比我父母过得更为滋润，所以他们也就对我们这样一家穷亲戚带着一些同情，每次登门拜访，都会让我们家人觉得自惭形秽，或者羡慕嫉妒。这个世界上，大约我们都需要有一家亲戚，可以作为参照，照得出自家的幸福生活。所以每次从大姨家回来，或者大姨家两个儿子从我们家离开后，我都会被父母批评教育，大致内容不外是要好好学习，赶超姨哥之类的话，我为此要在家里埋头苦学三天，才能逃得过父母苦口婆心的教导。而在我当初究竟是考高中还是中专的选择上，因为没有听从大姨一家的劝诫而读了高中，大有超过两个读了中专的姨哥的野心，而被他们指责，并因此让我生出不考上大学就会被大姨家看笑话的压力。

在我一级一级地从本科到研究生再到博士的读书过程中，一直伴随着母亲与大姨的比拼。她们姐妹两个，从比拼当初的婚姻，到比拼各自的儿女，再到儿女的工作与婚姻，始终没有停歇下来。

我因此借着在外面读书就业的原因，很少再去大姨家走亲戚，并最终习惯了从母亲口中得到他们零星的消息，而丝毫不想亲自去看上一眼，他们的生活，究竟是怎样的状态。我与整个家族中最后一个亲密交往的亲戚，在嫁到千里之外的他乡之后，终于只剩下藕断丝连的一点儿关系。

从母亲口中听来的关于亲戚的消息，在远走他乡之后，似乎都是关于疾病或者死亡。好像一个亲戚没病没灾，就会被人遗忘，只有他们忽然间生了变故，与之有血缘关系的人，才会意识到生命中曾经有过这样一个人，跟自己的家族有着千丝万缕的联系。母亲会代替整个家族，去给那个病入膏肓的亲戚提一些礼品，表示慰问；或者在丧礼上，烧一些吊纸，感叹一下过去曾经有过的恩怨，而后便将这个亲戚锁进记忆的仓库，除非闲聊时提起，这个亲戚，自此很少再会进入我们的生活。

而那些贫穷的功利的爱挑拨离间的亲戚们，他们见证着我们的衰败

第二章　秋收

颓唐与荣华富贵；我们也同样折射出他们鸡零狗碎、潦草随意的一生。对于我，他们的生命犹如飘摇的庄稼，倒下之后，便化为模糊的麦子、玉米、稻谷或者高粱，被装进了记忆的瓮中。对于父辈，他们更是炊烟一样，被风吹过，便消失不见。日子在他们离开人世之后，依然琐碎地过着，好像，在这个世界上，从未有过这些亲戚的印记。

或许，也只有我知道，他们曾经在我的成长之中，烙下怎样无法祛除的印记，卑微的、贫穷的、尴尬的或者辛酸的印记。

丧　　事

村里某个老人一去世，邻居家的郑大便开始莫名地兴奋。

郑大是村里红白喜事的司仪，只要有他在，这丧事或者喜事便可以进行得体面而且顺利。但他的脑袋总是歪着，形象有些不好，于是有了不成文的规定，便是丧事都会找他，喜事则拐弯抹角地将他给忽略掉。所以郑大便更珍惜这丧事的主角地位，常常主家还没有请他过去，他自己就巴巴地上了门，以不容置疑又略带商量的口气，对着还没有从悲伤中缓过劲儿来的主人，探讨怎样将丧事办得排场一些、风光一些、让村里人瞧得起一些。

我一点儿都不羡慕郑大，但我羡慕郑大的儿女们，他们会在整个丧事的过程中，有吃有喝，就好像地主家的孩子，忽然间在那几天里，都长得肥头大耳起来。小孩子是不懂得大人们的悲伤的。当然，也可能大人们根本就不悲伤，人死了，如果是无疾而终，那就是一件喜事，会任由郑大和他的下手们大操大办，让那已经去了阴间的人，明白阳间是多么卖力地为他（她）的轻松离去做足了文章，挣得了颜面。

小孩子有独属于自己的快乐，在丧事开始的那一天，我会和村里的孩子们一起，爬到墙头上去，或者某一棵能看到院子里全景的大榆树上，再或者直接钻到人来人往的院子里，静候丧事的开始。不知是我们人小，不足以引起大人们的注意，还是大人们愿意我们这些小屁孩儿们

第二章　秋收

围观，给丧事增加一点儿人气，不管我们站在哪里——人家吊唁的堂屋里，还是堂屋外面搭起的棚子里，或者做丧宴的厨房里——大人们都不会赶我们走。有时候还会派我们去干一点儿活计，比如买个针头线脑的小玩意，或者趁机塞我们嘴里一大块肉。肉当然是肥的，流着亮闪闪的油水。但那时的小孩子没有嫌弃肥肉太腻的，相反，在宴席开始的时候，那端上来的一大碗肥肉，大多都被小孩子们给分吃了。每一个小孩都吃得油光满面的样子，好像这辈子就吃这么一次肥肉，或者吃完这顿肥肉，就要壮烈牺牲了一样。反正父母都给了份子钱，抢一片肥肉吃，也是理所应当。否则，在这样全村人都出动参加的节日里，不吃不喝假装矜持，不被人笑话才怪。即便人不笑话，那个死去的人，也会不悦，好像我们嫌弃了他家的饭菜一样。

　　当然，我们并不是冲着这一顿饭才来守候一天的。丧事上有的是好吃好喝好玩好看好听的玩意，足够我们玩乐一天，到天黑丧事结束后才肯回家。光那"守棚人"的各式哭相，就够我们乐一阵子的。没有人前来吊唁的时候，守棚的主人们就会披麻戴孝地聊天；或者假装面容严肃地跪在席子上，回忆逝去家人的音容笑貌；再或彼此商量着，这一场丧事的细枝末节，有没有不周到的琐碎地方，是否无意中得罪了某个吊唁的亲戚。他们头抵着头，喊喊喳喳地说着，更让我们觉得兴奋与好奇，很想弄明白到底发生了怎样好玩的故事。这样的八卦，村里的女人们更是喜欢。因为这基本上是下一场丧事来临之前，村子里最值得咀嚼回味的谈资。如果错过了哪一节，那跟错过了评书里的某段重要的情节一样，让人觉得遗憾。

　　相比起这样的八卦，守棚人的哭声颇有插科打诨的感觉。只要主事的人在门口大声地一喊，报告某个重要人物光临，棚子底下立马传出整齐划一的哭声。我想如果这是喜事，那哭声一定会换成兴奋的叫好声。左右两排守棚的人里，男男女女都有，大人小孩也都齐全，所以那哭声听上去便很像一首大合唱，凄凄哀哀的，一下子便感染得来客也捂着半张脸，一路哭将上来。那守棚的人里，哭爹的也有，喊娘的也有，甚至还有哭姐姐的，可是，他们明明是死了父亲的。所以我一直百思不得其解，为何爹死了，一定要哭娘？也或许，是太伤心了吧，已经分不清死去的是谁了，只知道在吊唁的人面前，表现出十二分的热情来哭，以便让来人意识到丧事的重要，以及他们内心无法抚平的痛苦。

堂屋里那两个围着纸钱箱子主管送纸钱给逝者的女人，不会哭得这么夸张。她们的哭，呜呜咽咽的，很是内敛，又带着些真诚与感伤，所以更容易触动来人的内心，进去看见镜框里的黑白遗像，又被两个女人的哭声一感染，便将大门口就开始的干哭，转换成了让人动容的眼泪。而这相对比较封闭的堂屋里，也成为来者与逝者最好交流的地方。我喜欢悄无声息地溜进门去，看墙上去世的那个人，以特别庄严的面容，注视着热闹的庭院里儿女们穿梭来往。村里人都说，人的遗像，都是在去世以后拍摄而成的。我便一直好奇，去世后，人的眼睛怎么会睁开呢？村里人便回答我说，因为眼皮是被细细的高粱秸给撑开着的。这样的回答，让我更觉得诡异，再看墙上放大的遗像，便生出了恐惧，似乎逝者微笑的眼睛，正暗含深意地看着我，或许他们会像老人们说的那样，能将我的魂魄一起带走。于是我便不敢再继续看了，一低头，退出堂屋，混入快乐的人群里去。

中午的时候，院子里快要站不住脚了。人群便都跑到墙头上、麦秸垛上或者院墙外的高树上去。我人小灵活，在人群里钻来钻去，总能逢着好时机，一下子挤到丧事的焦点——吹唢呐的班子旁边去，以最近的距离，观看唢呐班的精彩演出。唢呐班当然是主家花钱从乡镇上请来的。一个班底大约有四五个人，其中，总有一个漂亮的女人，类似于时下乐队的主唱角色。主唱是整场丧事让人瞩目的焦点，男人们喜欢多看几眼这能歌善舞的女人，她的一笑一颦好像电视里好看的演员。男人们

第二章　秋收

站在墙头上一起叫好，一曲完了，再要一曲，而且无休无止地点播节目，将那些悲伤的歌一首一首地全唱完了，他们还是不肯罢休。不过唢呐班里，总有一个男主唱，这时他会站起来，让女主唱休息一会，自己接班唱点欢快的调剂下观众的口味。唢呐班唱得好不好，跟主家给的钱多钱少也有着很重要的关系。如果钱多，他们当然会卖命地弹啊唱啊吹啊。如果钱少，他们就总是找理由歇上一会儿。这样的间歇，会让丧事的整个节奏，也跟着萧条冷清起来，以至于主家的脸色有些挂不住了，匆忙赶来再给点小费，这才让快要熄下去的火焰，又继续旺旺地燃烧起来。

这些活计，当然都是郑大和他的跟班们操劳布置的。他总能从拥挤的人群里，发现那些不和谐的音符，并及时地汇报给主家，并给出最有效的解决办法。所以郑大比任何人都要牛皮哄哄，嗓门也比平日大了许多。他的儿子郑小印，在我们小孩子中的威望，也跟着提高了一倍。外人不能随便出入的厨房，郑小印完全可以凭借郑大的知名度，嗖一下钻进去，捏一块猪肝出来。于是我们便在门口，流着口水看郑小印趾高气扬的样子，看上片刻，知道那猪肝到不了自己的嘴里，也便罢了，咽下一口唾液，继续看唢呐班的女人唱歌。她们在接了小费后，喝一口好茶，吃几口点心，又咿咿呀呀地唱了起来。

等着那戏在院子里唱得差不多了，宴席上也只剩了杯盘狼藉，我与其他小孩子们渴盼的事情，便是抢花圈的乐趣了。这一程序大约在下午3点半以后，有了点滴的苗头。那时跟主家关系好的小孩子，早就通过大人疏通好了关系，定下了谁扛白马，谁举纸钱箱子，谁拿最大的花圈，谁又第一个"占领"田野里的坟头。之所以如此积极热情，当然是有小费可以拿的，主家会给每一个扛花圈的孩子，发5毛钱作为感谢。5毛钱在那5分钱一个冰棍的年代，几乎可以算得上我们小孩子手里的巨资。只是因袭下来的传统是，扛花圈的只能是男孩，所以我们女孩子就只有眼睁睁地看着他们一拥而上争抢的份儿。不过赶在他们出门的时候，瞅准时机，摘一朵自己喜欢的纸花，也是一件好玩的事。那纸花做得漂亮极了，如果幸运，我常常可以抢到四五个纸花，红的、黄的、蓝的、紫的，拿回家去插在酒瓶子里，可以欢欢喜喜地看上好一阵子。

下午4点，唢呐一阵悲天悯人的响声之后，院子里的人们，便开始一窝蜂地朝外面走。于是整个村子就沸腾起来，通往村口的大道上，挤满了男女老少。队伍像一条无限蜿蜒的长龙，首尾皆看不到头。郑大当然领头羊一样风光地走在最前面。他对每一个程序都了如指掌，整个的队伍就是他手下的千军万马，他想让他们在什么时候停，就在什么时候停；想让主家的儿女亲戚们啥时候哭，他们就得啥时候号啕大哭。所以郑大的声音几乎有穿透整个村子的魄力和气势，不管那哭丧的队伍有多么悲痛，都能够清晰地捕捉到郑大的指令；在该摔陶罐的地方，绝对不会多行一步，一定是话音刚落，那长子便举起罐来，一次摔个粉碎。摔完了，整个队伍立刻站起来，将凄惨的哭声，缭绕整个村庄。

儿女的哭声，也是有讲究的。我总觉得他们事前都排演过如何哭丧，否则，如何会表演得那么动人心扉？谁鼻涕流得越长，眼泪溢得越多，双手拍打得膝盖越响，就证明谁的孝心比别人更多。女人们常常哭得喘不过气来，瘫软在地，两三个人架着胳膊都抬不起来，好像她们要在地上生根发芽，或者哭死过去。大人们都啧啧有声，称赞那些哭得动情的子女，我却站在高高的土堆上，一边好奇地观看女人们的夸张表演，一边乐得肚子疼，好像那些女人们的鼻涕眼泪，是专门为取悦我们小孩子流的。

唢呐在这时候是最热情昂扬的。不过我怀疑那是因为他们很快可以拿到薪水，回家去见老婆孩子了，所以才那么卖力地唱啊吹啊，吹得腮帮子鼓鼓的，好像塞着两颗甜蜜的大红枣，那枣含在嘴里，还不舍得咽下去，一定要瞪着眼珠子兴奋地炫耀着，让每一个人都知道这场丧事马

第二章 秋收

上就要抵达高潮，并接近尾声。这时候女主唱的歌声，都是朝悲壮里唱的，要让哭丧的儿女们意识到马上就要跟逝者永别了，所以如果可以，还是将哭声再掀起一阵高潮吧。看丧事的队伍，摩肩接踵的，有女人们会跟着一起哭，好像自己死了亲人一样。小孩子们也下意识地握紧了妈妈的手，怕被什么人给一起带走了似的。我看着队伍走出了村子，朝村外主人家的田地里行去，忽然觉得有一丝惆怅涌上心头。

有些人看得累了，会陆陆续续回了自己的家，关起门来，指点一番这场丧事的好坏。我却一定要跟着去看最后的大结局，好像没看到包着红布的骨灰盒放进坟墓，埋入泥土，一座新坟在田间筑起，就觉得这场丧事没有结束一样。

最先抵达坟墓的，是那帮抬花圈的男孩，他们早就将花圈铺满了坟墓周围的麦田。那个事先挖好的坟墓并不太深，一个大人跳下去，还能看到脑袋在地面上诡异地移动。等到骨灰盒被几个人一起徐徐放进去的时候，唢呐声和哭声忽然间大作。黄昏已经降临大地，夕阳如血，染红了天边的云朵。稀稀拉拉看丧事的几个人，让坟墓看上去更加孤寂。常常在骨灰盒下放的过程中，儿女们会触景生情，扑上去拦住，好像将骨灰盒拦下来，人也能跟着起死回生。在郑大的指挥下，一切都有条不紊地向前，不管女人们怎么歇斯底里地哭喊，黄土还是一锹一锹地被铲进了坟墓，并堆出一个漂亮饱满的坟头。而那些散落的花圈，也被插在坟头上，大风一吹，便发出哗啦哗啦寂寞的响声。

立在广袤原野上的新坟，在黄昏里看上去有些孤独。尽管它的周围，有许多这样大大小小的坟墓陪伴着它。那些坟墓下的死者，也大抵跟新逝去的老人有过这样那样的交往，或许，曾经是亲戚也不可知。而今，他们又在地下重逢，并像在世时一样唠唠叨叨，说长道短，谈论一下这一场丧事，被儿女们办得是否还算体面周全。

唢呐声停歇之后，人群散去的速度比田野里的风还要迅速，包括哭丧的儿女们。他们要回去处理很多的琐事,包括分摊这一场丧事的费用,把借来的桌椅板凳、锅碗瓢盆还回去,将做孝衣的白布平均分给每一家,回去做成棉被里子,再或当纳鞋底的布料。当然,也会将欠下扛花圈的小孩子的5毛钱,给一一都还清了。

我总是飞快地跑回村子里去,好像后面有鬼火在亦步亦趋地跟着我。晚上睡觉,母亲帮我扇着蒲扇,我总是会问一些稀奇古怪的问题,比如那个死去的人真的能喝到瓦罐里的汤水吗?比如坟墓里的鬼魂会跑回家去看一眼哭肿了眼睛的儿女吗?母亲总是用蒲扇拍打一下我的屁股,不耐烦地呵斥道:睡觉!

夜晚的村子,静谧得好像什么也没有发生过。白日丧事的喧嚣,被虫子寂寥的叫声清洗后,愈发淡了。我忍着被母亲拍打的疼痛,乖乖地闭上眼睛,很快就睡过去了。

第三章　草木

一整个冬天，狗剩家的豆腐坊都在磨着豆腐。麦子则躲在厚厚的积雪下面，已被我们忽视的寂静，无声地蛰伏着。村子里的人似乎也被席卷进了无休无止的冬眠，关于麦子，关于野兔，关于冬雪，统统被我们忘在了洞穴外面。每个人都像臃肿肥胖的狗熊，在暖烘烘的洞穴里穿梭来往，串门拜年，说着棉絮一样揪扯不清的家长里短。

第三章 草木

麦　子

玉米收完之后，村子里便开始播种麦子。

在播种机还没有进驻乡下之前，麦田里到处都是人和闷头拉着耕犁的牛。父亲一边吆喝着牛向前，一边注意扶着耕犁，不让垄沟给犁歪了。母亲则在腰上系一个有大布兜的围裙，将化肥或小麦种子放在围裙里，而后一边走一边一把把地掏出化肥或者种子，撒在新翻出的新鲜泥土里。母亲是个熟练工，能够一边撒种一边跟旁边地里的胖婶和瘦叔聊家常。胖婶骂瘦叔干活不利索的时候，她也会适时地帮腔劝架。那架当然是打不起来的，所以母亲便会有些失落。倒是父亲脾气急，看到母亲在后面脚步慢了，便会粗声大嗓地训斥。母亲脸上有些挂不住，在田间地头休息的时候，一边喝着水一边对我絮叨父亲的不是，大致就是跟胖婶比起来，她命真苦，看人家瘦叔干活的时候，总不忘问候胖婶累了不，累了就停下歇会儿，他自己干就行。我一边假装专注地听母亲唠叨，一边将地头上落下的麦种捡起来，喂成群结队搬运冬天食物的蚂蚁们。

秋天的气息已经很浓了，太阳还未下山，露水便已浮起，天地间于是湿漉漉。远处雾气氤氲，村庄缭绕其中，恍若仙境。麦子才播完了四分之一，看样子还需要两三天，才能结束整个的播种。如果天旱无雨，母亲还在撒化肥的时候，便开始心烦地唉声叹气，发愁种子撒完后，什么时候才能轮上我们家浇地。假如总是轮不上，麦子在泥土里，怎么能发芽出头呢？母亲擅长将烦恼无休无止地延伸下去，她还能联想到今冬不下雪的惨况，或者来年麦子拔节的时候，没有及时雨、再浇不上及时水、麦子集体趴下的可怜相。父亲在前面扶着耕犁，听得烦躁，总是粗鲁地一句话就打断了她：你就不巴着咱家麦子有一点点好是不是？！母亲住了嘴，但心里却堵得慌，又不知道朝谁发泄，回头看见我很没用地在地头上玩，就冲我喊一句：快回家去，让你姐姐烧"咸糊豆"喝！

我看看远处慢慢暗下来的天空，一声不响地提起暖瓶和杯子，朝家的方向走去。

我觉得播种小麦还是跟牛关系更为亲密。至于我们小孩子，在田野里撒欢似的奔跑着，捡拾熟得发亮的"马宝"吃的时候，总会被大人们觉得碍眼、没用。于是，在所有玉米秸都被砍倒的近乎荒凉的大地上，除了牛哞哞的叫声，男人女人们的争吵声，便是母亲们不绝于耳地骂自家孩子的声音。大人们会由浇地绵绵不绝地想到跟人争抢机井时的不快，我们小孩子的想象远没有那么悠长，最多会跟小学老师们教的那样，"冬天麦盖三层被，来年枕着馒头睡"，因为一场从天而降的大雪，想到明年能捧着白白胖胖的大热馒头吃。

就在播种的空当，我们还沉浸在秋天最后的温柔里，捡拾田野里残余的如"马宝"一样酸酸甜甜的果实，慰藉着空空落落的肠胃。有时候我们还会看到奔跑的野兔，箭一样穿越苍凉的大地。偶尔它们也会放低对人类的警惕，找寻田地里人们遗留下来的粮食。也就是这时候，播种完麦子闲得发慌的"狗剩"之流的男人们，会扛起尚未被收缴的猎枪，躲在大树后面，"砰"的一声射出一颗致命的子弹，并因此收获一只肥硕的猎物。

在狗剩得意洋洋地将猎物挂在猎枪上，喝醉了一样摇摇晃晃回家

第三章　草木

时,不知为什么,我总是觉得有些悲伤。等到不久后,村子里没收了狗剩的猎枪,我顶喜欢代替母亲去他们家买豆腐,就为了看一眼没了猎枪的光棍狗剩,怎样蔫了吧唧地凄惨地推磨磨着豆腐。

一整个冬天,狗剩家的豆腐坊都在磨着豆腐。麦子则躲在厚厚的积雪下面,以被我们忽视的寂静,无声地蛰伏着。村子里的人似乎也被席卷进了无休无止的冬眠,关于麦子,关于土拨鼠,关于冬雪,统统被我们忘在了洞穴外面。每个人都像臃肿肥胖的狗熊,在暖烘烘的洞穴里穿梭来往,串门拜年,说着棉絮一样揪扯不清的家长里短。

一晃,就立了春,然后是雨水和惊蛰。雷声轰隆隆地打下来,人们站在庭院里,抬头看着天,好像忽然间想起了田间地头的麦子,于是纷纷扛起锄头,去自家麦田里挖草。

这一出门走走,才发现一场春雨过后,有的人家的麦子已经蹿出去老高,而化肥大约施得漫不经心的人家,麦子就青黄不接似的,怎么看都不让人有好心情。于是小路上时不时地就响起女人们带着醋意的招呼。

麦子长势喜人的女人会说:哎,你家麦子今年咋样?

麦子没精打采的女人斜斜地瞥一眼对面喜气洋洋的那张脸,酸酸地来一句:能咋样,哪有你家好?

对面女人显然很满意,笑嘻嘻地谦虚道:要不是我家那口子买的化肥好,估计今年也不咋样呢。

处于下风的女人,嘴上虽不说什么,心里却恨不能拔下一垄沟麦子来解解气。但终究什么也没做,快走几步,去自家田里埋头挖草,挖着挖着,总会不小心将麦子锄断几棵;于是心里愈发烦乱,忍不住骂自己家男人,当初让他好好挑选种子和化肥,偏偏不听,看人家谁谁谁种的麦子,油光水亮的,跟刚开的黄瓜花似的水灵!

如果整个春天都没有贵如油的雨水,女人们也就顾不得比拼麦子了。她们会将自家的男人骂出去，抢水浇地。这是一场更残酷的战争，女人们常常不再关心颜面问题，只要能排上号浇地，哪怕脸上被别的女人挖几道子破了相，也没什么关系。大队书记这时候便被派上了用场，他一边给自己家麦子先浇上，或者排上号，一边协调着快要打起架来的男人女人们。有时候打得厉害了，男人们会在女人的怂恿下，夜里爬起来，搬了石头砸进机井里去，堵住井水，让谁家也浇不成地。当然，很多时候，这样的阴谋并不能成功，因为浇地的那家会派人日夜守护在机井旁边，并拿了手电筒，防范一切试图靠近机井的可疑人士。

我们小孩子这时也不让靠近机井了。那里原本是我们的乐园，我们会捡起小石子投进机井里，听石子从深不可测的井底传出的空茫的声响。有时我们会趴在井沿上看那一小片落在水里的晃动的蓝天，许久都不想起身。但当干旱的春天来临，我们被焦渴的麦子和焦灼的大人驱逐出了这片乐园。

夜里醒来，常常听见父母在谈论浇地引发的种种事故。不外乎是谁家跟谁家又打起来了，还动了石头和锄头，并惊动了乡里派出所的人。父母没有关系，排号又看似遥遥无期。在轮到我们家浇地之前，也不能眼看着田里的麦子枯死，母亲便和父亲在家里用压水机一桶桶地压水，再倒入大桶里，而后用地排车拉着去田里一勺子一勺子地浇灌麦子。只是那些水浇到地里，麦子还来不及喝上一口，就被干裂的大地，或者头顶炙烤着的太阳，给吸光了。春天看起来不再那么美好，因为关系着口粮的麦子，每一天都变成了煎熬，至于谁家女人被砸破了脑袋，谁家男人追着浇地的那家人，说要拼个你死我活，在躁动的春天，已不再是能让人们兴奋的新闻了。

好在这样的时日，不会太过长久。有时，还不等全村人轮上一遍，老天爷就忽然间开了眼，看到了人间疾苦，于是降下一场大雨来，缓解全村人绷了太久的神经。母亲坐在院门下面，一边做着针线活，一边看着这场不疾不徐似乎要下许久的春雨。

我看着母亲有时候发呆,就会问她:娘,你在想什么?

母亲笑一笑,像是回我,又像是自言自语:这雨,下得正好,麦子们能喝个饱了。

我也抬起头来,看向半空。天空里细密的雨,正绵密地飘下来,一阵风过,便吹到我和母亲的身上。雨水有些凉,但我的心里却是暖的。我喜欢春天的雨,柔软的,缠绵的。就连平日里好为琐事争吵的父母,也因了这场雨,对彼此温柔起来,好像他们是从来都相敬如宾的夫妇。

庭院里一切都是安静的,只有雨声在屋檐下,滴滴答答地敲击着,是世间最单调又最动人的音乐。我似乎还听见麦田里麦子咕咚咕咚酣畅饮水的声音,这声音一定也在父母的耳畔响着,以至于他们做什么都轻声轻脚的,似乎怕打扰了麦子汲水的幸福。

有时候,父亲还会忍不住披上一块塑料布,冒雨跑到田地里去,看看自家的麦子,在雨中有怎样喜人的长势。这时的父亲,更像个诗人,站在地头上一言不发,就那样深情地望着脚下大片绿色的麦田。整个村子都笼罩在迷蒙的烟雨之中,只听得到雨声沙沙的蚕食桑叶一样细密地落着。

在麦子还没有长成麦浪之前,我能想到的村庄最美的时刻,大约就是春天淅淅沥沥的雨季了。而雨季一过,布谷鸟开始啼叫的时候,村子里便有了忙碌的气息。大家都在摩拳擦掌地准备收割麦子。磨刀石上,镰刀在飞快地起起落落。布谷鸟的每一声啼叫,似乎都在催促着人们快一些行动起来。大家再也不盼望下雨了,还总是忧心忡忡地提着一颗心,希望天公作美,一直都是响晴的天,千万不要来一场暴风雨,将麦子全都吹倒在地;这样,不仅割起麦子来费劲,还会大大减产。

麦子一株株眼看着饱满起来,人们的心也跟着提得高高的,怕夏天的风,也怕夏天的雨。如果是微风吹拂过金黄的麦子,让它们像大海里的浪花一样自由地翻滚，整个村子便美如诗画。但如果是狂风暴雨，或者赶上夏天无休无止的雨季，那么没有谁的情绪会风平浪静，不起波澜。父亲总是一边在风雨中收拾着院子里的东西，一边暴躁地跟母亲吵架。哪怕是脚底一个硌疼了他的小石子，也会让他暴跳如雷，并将这股怨气迁怒到母亲的身上。

在这时候，我和姐姐总是猫一样蹑手蹑脚，当然会很有眼色地帮着父母收拾庭院里被暴雨打得砰砰作响的锅碗瓢盆，尽量地将那些会让父亲发作的家什，全都抢救进房间里来。一阵紧张地忙碌之后，我会老老实实地坐在窗前温习功课，可是一颗心却飞到了自家麦田里，我恨不得像孙悟空一样，一挥衣袖就将乌云全部拂去，露出光芒四射的太阳。

父母早已睡下了，我知道他们想借睡觉来逃避麦田可能会遭遇狂风暴雨袭击的烦恼。家里静悄悄的，我听见父母辗转反侧时发出的轻微声响，还有一个知了哑着嗓子，在某一片梧桐树叶下，偶尔发出的惊慌鸣叫。我有些饿了，但没有人做饭，我只好去找一个煎饼吃。吃煎饼的时候，想到那煎饼是小麦面粉做的，我又有些难过，我想这一场暴雨，该让我少吃多少个煎饼啊。

天放晴的时候，村子里浩浩荡荡的全是人，大家穿着雨靴，急匆匆地朝自家麦田里走。边走边问遇到的人，麦子有没有倒伏？如果对方说没有，心依然不肯放下，会想着自己家的也是这样幸运吗？小孩子们蹚着水玩，捡起水里爬出来喘气的蚯蚓，搭在小木棍上，旋转一阵，而后又扔回水里去，看它们一伸一缩地消失掉。

我没有心思玩这些，远远地跟着父母去了麦田。麦穗上沾满了雨水，沉甸甸的，愈发低下头去。我看到麦田的中间，有一片麦子集体倒伏下去，好像臣服的人。我知道直到割麦的那一天，它们都将以这样的姿势，匍匐在大地上，再也无法站起，仰望给了它们干旱、也给了它们暴雨的蓝天。

第三章 草木

相比起割麦、扬场和之后晾晒的整个过程，我更喜欢这一段麦子安静生长的时光。我在所有人都赤膊上阵匆忙割麦的时候，常常在烈日下忆起暖风吹过绿色麦浪的初夏时光。空气里有甜蜜的花朵的香气，我总觉得那是麦子的气息，像年轻女人脸上的微笑，醉人。

但一切诱惑人心的微笑，都将转化为蓬头垢面的生活。割麦的人们，总是急迫的、焦灼的。他们怕又来一场大雨，怕场地太小，没有了自家扬场、晾晒的地盘。即便后来有了小麦脱粒机，无需再用人拉着牛和轱辘一天到晚地在麦子上旋转，可是割麦还是像一场竞争激烈的比赛一样，紧催着人的心。一切都不再有绿色麦浪里的浪漫和闲散。母亲裹着的头巾上，似乎永远覆盖着一层麦糠，扬场人的脸上也总是灰扑扑的，麦粒就这样一下下地跟壳分离开来，最终被晾晒干净，装入麻袋，存入自家厢房一排排的大瓮里。

我的记忆，也被这样一层一层地过滤、分离，最终，只留下美好洁净的春天，和春天里碧波荡漾的大片大片的麦田。

西 瓜

  黑亮的西瓜种子还装在漂亮的铁罐子里的时候,我就想偷偷打开来,嗑上一粒尝尝了。但父母总是说,这些种子是喷过农药的,吃了会死人。我只能咽下一口唾液,耐心又焦急地等待着夏天的到来。
  西瓜尚未在浓密的叶子下若隐若现的时候,跟任何一种植物一样,不会被人们想起或者惦念。我们小孩子尽情地在田间地头上奔跑,哪管经过的究竟是西瓜地,还是稻子地,再或是玉米地、高粱地。直到某一天,忽然间被一个圆滚滚的绿色家伙给绊倒在地,啃了一嘴的泥,才会忽然间发现,啊,西瓜竟然大到快要红了瓤了!
  这比任何的科学发现都能让我开心,因为接下来的任务,就要轮到我和姐姐上场了。父母早早地就在田地里扎了瓜棚。瓜棚就是一个木床,简单地搭一个顶棚,然后用塑料罩下来,就能遮风避雨了。看瓜是一个大任务,至少我和姐姐是这样认为的。似乎瓜看不好,就会被人全都偷光了一样,或者那瓜就会个个都吃起来不甜,拿到集市上卖,人家切一个三角小口一尝,立刻拒绝,掉头走了。所以每天早晨起来,吃完了饭,我一抹嘴便跑出了家门。姐姐就在后面追我,喊着让我提一壶水过去。我头也不回地喊:渴了有西瓜,饿了有甜瓜,愁什么呢?!
  姐姐当然按照母亲的要求,自己提着一暖壶水随后也到了西瓜地。我已经躺在凉风习习的瓜棚里,一边看罐头瓶子里我养的健硕的蚂蚱,

第三章 草木

一边瞅着瓜地里有无陌生人伺机偷瓜了。我很少会想到,即便有人来偷瓜,连自己都保护不了的小小的我,究竟能够做什么。我只是觉得只要瓜棚下有人,小偷们就不敢靠近,如果他们大了胆子前来,也一定让他们有来无回,一棍子砸晕在瓜田里。这些当然都是我的想象。事实上,当悠闲的白天过去,黢黑的夜晚来临,我听着玉米地里蛐蛐的叫声,狗在某个角落里低低地吠叫,街道上有小孩子在哭闹着喊着妈妈,我总会下意识地靠姐姐近一些。如果忽然间有脚步声从地头上传来,我会吓得心怦怦乱跳,恨不能躲到床底下去,化作一把泥土、一片叶子、一个西瓜,总之什么不引人注意,就化作什么。比我大3岁的姐姐也大气不敢出一口,只听着脚步声越来越近,好像自玉米地的某个角落里传来。我想那贼一定在偷窥着我们。我在心里默默祈祷,贼啊,你赶紧挑一个最大的西瓜走吧!无论如何,都放过我和姐姐,让我们能平安地回家吃母亲做的一顿晚饭。我还想问问姐姐,万一贼跳出来怎么办呢?你害不害怕?可是却开不了口,怕一出声,那贼立刻从背后当头给我一记闷棍。

在我吓得闭上眼睛,连头顶夜空里漂亮的月亮和星星也不敢看,而且马上要很没出息地哭出声来的时候,母亲温暖熟悉的声音忽然间响起,我立刻跳起来,冲母亲喊:娘,我饿了!母亲的手电筒照过来,并转交给我和姐姐,柔声道:快回家喝糊豆粥去,路上注意点,别栽沟里去了!

我已经困得睁不开眼睛了,真希望像小时候那样,被母亲背回家去;我趴在她温厚的脊背上,觉得世界是安全的,洞穴一样暖烘烘的。但母亲还要接替我和姐姐继续看瓜,如果不放心,她还会让父亲在瓜棚里度过一个夜晚。我是完全不敢在空无一人的西瓜地里过夜的,尽管头顶有满天的繁星陪伴,可是那反而让人觉得更加恐慌,似乎周围的玉米地里,风过处响起的窸窸窣窣的声音,全是想要偷瓜的人。小偷们究竟藏在什么地方呢?为什么他们不偷钱、不偷小孩,偏偏对一个西瓜痴迷？他们是天天饿肚子的人吗？如果被逮住了，他们会被揍一顿呢，还是会被扭送到派出所里去呢？为了一个西瓜坐牢的人，多么委屈啊！

我一路胡思乱想着，跟着拿手电筒的姐姐走过田间小路，经过一个沟渠，穿过一条巷子，再战战兢兢地路过哑巴家门口，心里保佑哑巴千万别走出家门，冲我啊啊叫唤；然后再一折一拐，便进了自己家门。父亲正在院子里就着灯光搓麻绳。麻绳是卖西瓜的时候，用来绑地排车上的西瓜的。姐姐自己舀了糊豆粥喝，我也去灶间盛饭，却无意中踩到一只夜游老鼠的尾巴，我吓坏了，喊：娘，有老鼠！没有人搭理我的惊吓。我想起瓜棚下的母亲，忽然有些想她，后悔跟了姐姐回来。我宁肯饿着肚子，也不想在如此孤独的夜晚，一个人吃饱了睡下。

后来母亲究竟有没有回来睡觉呢，我也不知道，因为当第二天清晨我睁开眼睛时，母亲已经扛起锄头又下地干活了。桌子上放着一个洗干净的甜瓜，我欣喜地咬下一口，觉得院子里没有人声的寂寞，被这甜蜜的味道给冲淡了。尽管姐姐因为我没有先让她啃一口，给了我一连串白眼，但我依然旁若无人地吃完一半后，才重重地放在桌子上，出了门。

我要去瓜棚里找寻我的蚂蚱，我在罐头瓶子里面放了草茎啊豆角啊之类的吃食，我确定它不会饿死，但会不会被父亲扔掉，我却不太确定。扔掉了也没什么，只要别让坏脾气的父亲，一脚踩死在瓜棚里就好。我一路走着这样想。

瓜棚里已经有些热了。母亲在地里忙着锄草，父亲则在给黄瓜和豆角搭着架子。太阳将瓜棚里的席子烤得有些发烫，我心不在焉地坐在上面，看着热气在大地上蒸腾。有那么一刻，我很希望自己变成一只蚂蚁，钻到阴凉的床底下去待着。我更希望这时候的父亲会开开恩，在地里左敲敲右敲敲，找到一个熟得恰到好处的西瓜后，便毫不犹豫地摘下来，抱到瓜棚里，先放到水桶里"冰镇"半个小时，而后用细长的水果刀切下去，美味的黄色沙瓤西瓜便呈现在面前。我一直觉得世界上没有

第三章　草木

比沙瓤西瓜更好吃的水果了，否则我不会明明吃得肚子撑得难受，还非要跑到西瓜地里，撒一泡尿，而后跑回来，继续敞开了肚皮吃。就连邻居家果园里的狗，也能闻到蜜甜的味道，顾不得是不是自家人，过来跟我们凑上一桌。当然，狗很自觉地只啃我们扔到地上的西瓜皮。至于盆里的，它也明白，那是我们家留着腌咸菜用的。

等到人和狗都吃得肚子溜圆，就到了午休的时间。世界一下子安静下来，只剩下知了的鸣叫和风拂过玉米叶子的轻微声响。人躺在小风嗖嗖的瓜棚里，听着头顶上的塑料被风掀起又落下的柔和的簌簌声，很轻盈地便滑入了午后的梦中。梦里会有什么呢？大约就像置身的田野一样，处处是绿色的藤蔓，爬满了有漂亮花纹的西瓜，狗卧在床底下，蚂蚱隐匿在瓶子里；热气在风里离开大地，向半空蒸腾；甜瓜在某个角落里，等着人去采摘；一只鸟嗖一声飞离了玉米地，前往某片未知的果园。

就在这样的安静里，一个人影晃动着朝西瓜地走来。我总是纳闷，偷瓜的人为什么不在漆黑的夜晚作案，非要在太阳毒辣的正午"行凶"呢？难道他就不怕人看到了，会被揪住扭送到派出所去？后来我想明白了，大约他们和我一样，只有在太阳最无情的正午，才会对西瓜有强烈的品尝欲望。就像一个饥渴的路人，明明知道人家里有狗，还是会直接闯入，连主人也不管，舀一碗水就咕咚咕咚地灌进肚子里去。而在夏天，除了需要花钱买的冰棍，还有什么吃食，能比西瓜更容易引起人清凉解渴的联想呢？所以小偷们这时在家里辗转反侧坐不住了，纷纷出洞，趁着整个村子都在昏沉沉午睡的时候，前往事先就踩好了点的某个人家的瓜地。

谁也不知道偷瓜的人究竟什么时候踩的点。大约西瓜刚刚冒出头来，他们就开始琢磨上了，眼瞅着哪家的瓜地一派喜气丰收的模样，西瓜个个圆滚滚的，惹人惦记。如果不吃上一个，这一年夏天真是等于白过了。看瓜的人，也大约在视线交锋中就发现了偷瓜者的欲望火苗，所以一来一往，就是家家地里都建起了瓜棚，等着前来买瓜的人，更等着胆敢偷瓜的那个主儿。

可是那个来偷瓜的贼，始终都没有来，以至于我常常问母亲，明明没有贼来我们家，为什么还非要那么辛苦地天天在地里看呢？母亲便瞪我一眼说：万一哪天贼来了，将西瓜全都偷走了，岂不是这一年都白辛苦了？

母亲说的万一，只在别人家的西瓜地里偶尔出现过。据说是一些夏天里闲得无聊的小孩子，非要弄出点事来给村子里的人看看不可，于是便东游西逛地偷鸡摸狗，兼营偷了瓜去树林里逍遥。一旦他们被逮住了，道歉的从来都是大人，提着一篮子自家种的青菜，在夜色掩映下，摸至被偷人家的门口，讪讪地赔着笑，在拉家常的时候，将自家小孩办的丑事狠骂一通。那被偷的看在同村的份儿上，也就不计前嫌，临走前还朝那菜篮子里放上一个沙瓤的大西瓜，西瓜还是从自家井里刚刚提上来的，冰镇的一般，每个细胞里都透着清凉劲。只是笑脸送出去后，被偷的人家的孩子或者女人，总免不了愤愤嘟囔：偷一个，再拿一个，这买卖真合算！男人们厌烦这样叽叽歪歪的小肚鸡肠，回身呵斥：闲着没事，看瓜去！不至于为了一个西瓜，就撕破了脸！

西瓜被一车一车拉去集市的时候，很少会有人再将防贼当成看瓜的重点。那时候的瓜地，渐渐变得空旷，露出泥土的颜色，而田地中间点缀一样的甜瓜，更是落寞孤单。瓜蔓的水分在烈日下慢慢蒸发，犹如一根根枯黄萎缩的手臂，在大地上横七竖八地摆放着。四周的玉米地茂密起来，微风吹过，传来哗啦哗啦的声响，好像有一条无边的河流，在夏日的黄昏里流过原野。

父亲和母亲卖瓜还没有回来，我希望他们拉的地排车不会空着回来，至少给我带回点漂亮的小玩意儿，文具或者衣服，什么都行。可惜，他们总是想不到我，地排车里放着的，不是农药化肥或者农具之类，便是没有卖完被拉回来的西瓜。姐姐似乎很少关心这些，她要忙着

第三章　草木

在父母回家之前,将糊豆粥烧好,再从咸菜缸里捞一个咸菜疙瘩出来,用井水洗洗,切好了丝放在盘子里。一切都准备好了,这才去西瓜地里替我回家。

不管我在瓜地里做了什么,总会被姐姐呵斥,似乎我做什么都不对。假如我在瓜棚下睡着了,她会直接将我拽起来,连一点儿梦的尾巴都不给我留,就凶巴巴地催我回家。我猜想她是怕父母回来后,因为瓜没有卖出去多少而心情太差,骂她做的饭难吃,所以才提前焦虑烦恼,以至于需要将心底的惧怕,统统都输送给我,才能觉得安稳。

有能干的姐姐在,我永远都不用担心父母会骂到我。所以也就不怎么搭理姐姐的呵斥,只白一眼她便慢吞吞地走出了瓜地。

太阳已经快要落下地平线了,整个村庄都笼罩在薄薄的青烟和夕阳之中。一切都是安静的,连狗叫声也没有。我一个人孤独地走在田间的小路上,看着自己的影子滑过一个个正饱满肥胖起来的玉米。哑巴女人尖锐的喊叫声,从远处的某个地方啊啊地传来。不知是在与人争执,还是正向人描述着什么。一只羊咩咩地在地边上吃草,谁家的狗受了惊吓似的,忽然间叫了起来。

我一块田地一块田地地走过,看到村子里所有的西瓜地,原来都与我们家的一样,变得空荡起来,好像被洗劫过后的战场,或者被人偷袭过的家园。我有些忧伤,也有些失落。我想起瓜棚很快就要拆了,我养的蚂蚱,大约会在某个清凉的夜里,悄无声息地溜走。等到瓜棚的四个柱子拔掉,地面将重新成为田地的垄沟,完全看不出我曾经在某个夜晚,躺在瓜棚下看向天空的痕迹。

我知道,最后一个有些寡淡的西瓜吃过后,热闹的夏天,也就快要过去了。

腊　　条

　　腊条在乡下，更常用的名字是"条子"，专门供编筐所用。父亲是十里八乡数得着的"职业编筐人"，所以对于腊条，他也比任何人都更有发言权。在我还没有出生以前，父亲就去外乡拜师学艺，有了这门可以养活一家老小的手艺。而我们家的院子里，也成年累月地堆满了腊条，旧的编成了筐，新的又源源不断地通过卡车运进来。于是庭院里便总是有一股潮湿新鲜的腊条的气息，好像，它们还在西坡的田野里，迎着细雨挺拔地向着天空生长。

　　秋天的时候，种植腊条的人家早早就跟父亲联系好，定好日子，将一年编筐所需的腊条全拉了来。父亲是村里唯一一个懂得编各式"条货"的人，当然，别人家的男人偶尔也会编个筐啊篮啊，应付一下日常所需，但是如果要像样一些，拿得出手一些，看上去像个过日子的人家，还得必须买父亲手里的条货。所以，虽然编筐这门手艺不能让我们家大富大贵，但至少可以补贴点零花钱。在暂时寻不到别的更合适的行当之前，父亲也就像种庄稼一样，一年年地收购满院子的腊条，并在反复地风干、水泡之后，才开始让这些腊条派上编筐的用场。

　　差不多新的腊条要存放半年，父亲才会将它们挑选出来使用。这是父亲的第二职业，基本上只要忙完地里的活计，他就会在院子里打扫出

第三章 草木

一片空地，而后将编筐的工具一一摆出来，开始像一只蚂蚁一样勤奋地劳作。事实上，我很怕认真编筐时的父亲，所以在讨要学费或者零花钱的时候，我会等着他忙完了，将所有腊条收好，再把麦秸秆做成的草苫子盖上去，并慢悠悠喝完了一杯茶之后，才小心翼翼地说出我的恳求。如果我在父亲正用斧子用力地将一根比拇指还粗的腊条，砸进编了一半的筐里去的时候，或者他一脸青筋地将一根腊条狠狠压在脖子下，又用粗糙的大手扳过另外一根来的时候，忽然间将学校要交钱的消息说出来，我得到的或许不是钱，而是一声疲惫的怒吼，一阵让人恐惧的沉默，或者更可怕的是父亲顺手扔下正在编的苹果筐，操起手头一根粗壮有力的腊条，朝我猛抽过来。我会立刻吓得连跑的力气都没有了，好像被孙悟空给定住了的可怜的妖怪，除非母亲跑过来拦阻，我没有任何办法逃得掉这场腊条的惩罚。

所以我其实并不喜欢满院子的腊条，尽管它们可以换来我需要的学费、喜欢吃的油条和漂亮的衣服。但我又拿它们完全没有办法，只能接受别人家的孩子被父母拿笤帚疙瘩打的时候，我却不得不被腊条狠抽的"悲惨命运"。

不过我还是佩服父亲，学啥像啥，但凡经过他的手，那些腊条就全都变得温顺起来，想让它们怎么舞蹈就怎么舞蹈，甚至可以像柳条一样柔软无骨。他不仅会编小巧美观的粪箕子、驮筐、粪筐、苹果篓子、提篮，还会一个人完成两三米高的庞然大物——酒海。冬天，村里的女人们热火朝天地忙着编席子，父亲则将腊条娴熟地掌控在双手之中。只不过，这时父亲的战场变成了室内。

室内当然因此变得很是拥挤。就连我写作业都没了阵地，只能搬到昏暗的卧室里，打开电灯或者点上蜡烛奋笔疾书。透过房间的窗户，我看到父亲的影子落在墙壁上。那影子夹杂在舞动的腊条之中，虽然瘦削，却有不怒而威的力量。我觉得父亲即便是老了，也一定像粗壮的腊条一样，嗖的一声抽下去，就在水泥地上留下一条白森森的印记。

腊条在堂屋里明显有些施展不开手脚，它们时而碰到了灯泡，让满屋子都是飞旋的人影；时而落在水缸的沿壁上，发出清脆又寂寥的响声；时而将绳条上的毛巾扯下来，又甩到洗脸盆里。父亲尽力地收拢它们的手脚，但无奈腊条太长，房间又太小，总也无法使它们驯服。母亲大约觉得自己也碍脚，收拾完家务就悄无声息地躲到隔壁房间里做针线活。于是整个堂屋的灯下，就只剩了父亲一个人。他会打开收音机，听单田芳的评书，一场听完了，一个驮筐也就编了三分之一。母亲这时候才走出来，收拾父亲折腾出的满地狼藉。我侧耳倾听，院子里静悄悄的，夜色笼罩了日间所有的喧哗。干冷的天气里，一切都被冻住了，并泛着惨白的霜。只有父亲的咳嗽声，一下下地撞击着夜色的边缘。

冬季漫长无边，母亲自然也不会闲着。几乎每天，她都会帮父亲用牛角梭子将一根根腊条一劈三片。新劈开的腊条，泛着新鲜白色的光，似乎还能看到它们在田里栉风沐雨生机勃勃的样子。父亲总会将劈开的腊条和无需劈开的合理混编进篓筐里去，让成品看起来色彩丰富又不凌乱。每根腊条的根部都会被削尖了，方便插入到士兵一样排好方队的其他腊条队伍里去。母亲做起这些来，俨然是父亲最好的学徒，熟练到无需父亲开口，就能完成他所有的要求，知道今天要编的驮筐或者粪箕子，大概需要多少根腊条，其中有多少是粗的，可以用来打底或者作为"顶梁柱"，又有多少是血管一样细细游走在驮筐身体里的。他们一个编筐，一个修剪，配合得非常默契。平日经常争吵的两个人，唯独在这件事上，从未有过矛盾。父亲将编筐当成艺术品去打理，母亲也将其看成织毛衣或纳鞋底一样的细活，基于同样的做事理念，两个人便有了同心协力、联袂打天下的英勇作战姿态。

第三章 草木

　　这看上去颇有些动人，让我在冬天会觉得日子不那么难熬。甚至有时听见父母轻声絮叨着的家长里短，炖着白豆腐的锅里发出的咕咚咕咚的响声，或者母亲帮父亲用力扳着腊条时，喉咙里发出的轻微使劲的声音时，我还会觉得心里暖烘烘的。那一刻，我完全原谅了父亲拿着一根腊条，将我和姐姐追得满院子跑时的冷酷无情。我的脸微微发烫，好像炉火太旺了。窗外是寂静无人的冰天雪地，而房间里的一切，却被烧得近乎透明的炭，烤得像一块炉底的馒头，一口咬下去，松软酥脆，不由得你不欢天喜地起来。

　　可是春天一到，房间里就变得空荡起来，父亲转而将编筐的阵地移到院子里去。院子里什么都有，鸡啊鸭啊鹅啊，尚未围栏的小猪啊，它们跑来跑去的，将空气搅得热气腾腾的。它们还会在腊条上拉一坨屎，让正在编筐的父亲顺手操起一根来，照准了狠抽下去，庭院里顿时鸡飞狗跳，煞是热闹。春天的阳光暖洋洋的，父亲很快热得满头大汗，脱了毛衣，直接穿一件外套，轻松地让腊条在手里翻飞。墙头上站着几只鸡，精神抖擞地检阅着春天里的一切。长了鲜亮鸡冠的公鸡，时不时地就仰起脖子响亮地鸣叫一声，直惊得窝里安静卧着下蛋的母鸡浑身一哆嗦。父亲在这样慵懒的春光里，便有微醺后的小快乐，十指翻飞中，还不忘停下喝一杯茉莉花茶，并哼起一整个冬天他都不曾哼唱过的《南泥湾》：花篮的花儿香/听我来唱一唱/唱一呀唱……

　　父亲这样唱着的时候，母亲则在一旁挑拣苗条秀气的腊条，她还细心地将每一根腊条，都用抹布擦拭干净。父亲并不问母亲要做什么，他早就知道她想要一个漂亮精巧的菜筐。现在用的菜筐，因时日长久，早已黯淡无光，这让希望日子过得更洁净精致一些的母亲，觉得心头不畅。事实上，她已经给父亲提过好几次了，可是父亲只忙着挣钱的粪箕子啊、驮筐啊、酒海啊、篮子啊、篓子啊，对于自家的家什，却不怎么上心。但墙角一株桃树上绽满的明亮的花朵，却让粗糙的父亲跟母亲达成了一致，只是他什么也不说，母亲也不说。两个人就这样在暖意融融的春光里，悄无声息地各忙各的，直到母亲整理好了编菜筐大致需要的腊条，并将它们单独用绳子捆好，立在墙角，这才去做午饭。而父亲呢，则将正编的驮筐朝旁边一丢，便抱过母亲整理好的腊条来。他并不问母亲需要什么样式的菜筐，他对此自信满满。

　　母亲将饭差不多做好了，父亲的菜筐也基本有了雏形。母亲于是笑嘻嘻地摆好饭菜、碗筷，用锡壶再烫上二两小酒，然后便响亮地叫我：去，喊你爹吃饭，让他歇歇，下午再编。我站在屋门口想，母亲真麻烦，明明这句话院子里的父亲早就听到了，还非要让我再啰嗦一遍；不就是一个菜篮子嘛，至于这么兴师动众地做三菜一汤吗？可是，我知道母亲是开心的，而父亲也难得一副好脾气的样子，于是我也跟着在这浓郁的春天里快乐起来，并冲着院子里的父亲高喊：爹，吃饭啦！

　　父亲接下为酒厂编一批酒海的任务之后，便没有了春天里的闲散。夏日天长，父亲总是早晨5点多钟就起床编酒海。那时，热气还没有升腾，空气中有好闻的青草的味道。母亲打扫过的庭院里，有不知名的小虫子爬过后留下的细长诡异的印记，我始终没有猜出那是什么虫子的足迹，但却觉得像蛇。我猜想父亲在挖编织酒海使用的土坑的时候，一定也挖出过蛇。父亲当然是不怕蛇的，在我的眼里，他似乎什么都不害怕，他能用腊条编出直径两米、高达3米的圆柱形酒海来，他的身体也就注入了腊条的坚硬与粗粝。腊条当然还是柔韧的，有百折不断的质地，可是父亲却很少有温柔的时刻。我怕父亲的铁砂掌，更怕他随时会扬起来抽打在我身上的腊条。

　　忙于酒海任务的父亲，因为疲惫，脾气会变得坏起来。我和姐姐在院子里玩的时候，就小心翼翼的。我玩荡秋千，姐姐则玩弹珠，这样的游戏都不会弄出多大的声响来，也便不会打扰到院墙外在蝉鸣声中流汗

第三章 草木

编酒海的父亲。就连母亲晨起打扫院子，也是轻手轻脚的，我躺在床上，只听得到笤帚在地面上发出的唰唰唰的声音。除此之外，整个世界都是悄无声息的，大街上叫卖馒头或者红豆腐、白豆腐的小贩，还没有来。窗户上落了一层薄薄的光，太阳还躲在某个地方酣睡。我知道这是父亲编酒海最好的时刻，空气清爽得像是秋天，又像被河水清洗过，清甜中透着沁人的凉。我闭上眼睛想，趁父亲还没有发脾气，再睡一会儿懒觉吧。

可是等白天快要过去，村民们也有了闲空，跑来看父亲编着庞然大物，并顺带捎上一个粪箕子或者驮筐回去的时候，浑身累得散了架的父亲，就在乡邻讨价还价的琐碎中不耐烦起来。可是他又不能冲别人发脾气，于是便在人走之后故意找茬。有时母亲会忍着，有时好强的她会回一两句嘴。也有时候，他们两个人毫无缘由地就吵了起来，而且越吵越凶，甚至动起手来。有那么一两次，我也被波及，腊条抽在了我的脸上，我立刻感到火辣辣的疼。我终于对大呼小叫的父亲生出了恐惧，便在三三两两来看热闹的混乱的人群中，像一只被主人嫌弃的猫，悄悄溜出了家门。

天色已经完全暗了下来，这让我觉得无家可归一样的流浪并不是多么羞耻，因为没有人会注意到黑暗中行走的我，更没有人会故意提高了嗓门，不怀好意地问我脸上的伤痕究竟怎么来的？

我就这样沿着安静的玉米地，漫无边际地走着，直到我在一片苹果园旁停了下来。看守人住的小屋里，透出微弱的光，一只狗汪汪叫了起来，然后是一束强烈刺眼的手电筒光照在我的脸上。我抬起手，遮挡住眼睛，却还是被看守果园的女人，窥去了所有的秘密。

"这么晚还跑出来，是爹娘吵架了吧？瞧，脸上是腊条子抽的吧？你爹下手可真狠！"

我没有回答女人一个字，扭头就朝原路跑回去。我跑了究竟有多久呢,我也不知道,只听见村子里有女人们在沿街唤着他们的孩子回家。我侧耳细细听着,终究没有听到自己的名字。

我的鼻子里酸酸的,却是忍着,像一根倔强的腊条,一声不吭。

决 明 子

在决明子只是一种野生的会开花的植物，而不是我们眼里可以换来金钱和针头线脑的药材之前，它们是最不被人注意的生命。也不知什么时候，它们就在村子所有闲置的泥土上，茂盛地一丛一丛地生长起来。不管是砍了还是烧了，第二年春天，那片泥土里又有新的决明子野草一样一簇簇地挤满了山坡、沟垄、墙角或者掩埋垃圾的深坑里。它们随处可见，生命力旺盛到甚至让人产生厌倦。

于是我们小孩子玩耍的时候，随时会因为无聊，撸下一把决明子黄色的花朵来，随手洒到路边碎砖乱瓦里去。离了枝头的花朵，很快就脏了萎了，最后被蚂蚁们随意践踏，不过几日，便混入泥土不见了踪迹。有时候我们还会比赛谁的力气更大，将墙根的决明子一棵棵拔下来，谁一口气拔得最多，谁就是胜利者。决明子连根拔下后，便被随便丢弃在路边。如果遇到一场雨水，它们会奇迹般地借助风的力量，将根基斜斜地重新扎回到泥土里去。它们就这样倾斜着身体，一直抵达果实成熟的秋天。没有人注意它们在短暂的一生中，怎样努力地朝着泥土靠近，就像雪夜中的人，努力靠近遥远的一盏灯火的温暖。它们与被人挖下后随手丢在地头上的、靠着根基残留的泥土重新生机勃勃的野草一样，因为命贱，便愈发被人轻视。

决明子基本是自生自灭的植物。春天，人还没有注意，它们就已铺满了低矮的山坡、土堆、路边，或者所有适宜野草生长的荒废的泥土里。没有人给它们浇水施肥，它们的一生全凭上天是否眷顾。年月好的时候，它们能够将领土扩展到苹果园或者山楂林里。只是这样的侵占，很快会被勤快的人一锄头下去断了生命。所以它们还是更愿意在无人关注的荒野里播撒下种子，以便可以平安无事地从春天走到秋天。春天，它们卖力地向高处生长，有时可以高达两米，即便矮小的也有一米。夏天，小孩子钻到决明子丛中去，走着走着，就只看到枝叶晃动，却不见了人影。黄色的花朵开满了决明子的枝头，它们蝴蝶一样轻盈地飞舞在风里，远远看去，大片大片地，宛若天边的黄云，飘忽不定，时断时续，又被穿行在其中的小孩子弄得摇摇晃晃。那时候我们并不知道决明子是草药，闻到它不像海棠、蔷薇的花朵那样馥郁，心里便有些轻慢，很随意地将花朵撸下来，顺着风抛洒到半空中。那小小的秀气的花朵在风里飘飞片刻，便纷纷扬扬混入了泥土里。

我们女孩子更喜欢将这些轻盈的"黄蝴蝶"戴到耳畔，或插到辫梢。尽管决明子散发出草药的香气，可是一串串小小的花朵着实美极了，戴在鬓边，穿再普通的衣服，也会让走在巷子里的人，一下子有了光泽。它们质朴低调，并不招摇，不像蔷薇那么抢眼，若是戴了，出门碰到熟人，对方马上笑话说：瞧瞧，才多大孩子，就这么阔气，将来要嫁个有钱的还好，如果没钱，可怎么是好？戴花的女孩子便羞红了脸，心里微微生着气，想：这跟你有什么关系呢？反正是不嫁你的！这话当然不会说出来，只是眼含着怨意，白了那人一眼，便飞快地跑开了。倒是吃了白眼的熟人，嘿嘿笑起来，好像占了什么便宜一样。

秋天的时候，决明子全身挂满了细长的荚果，那果实有时比巴掌还要长。因为荚果里细小的果实很像绿豆，所以也有人称决明子为假绿豆。这样不浪漫的名字，也只有对决明子丝毫不爱惜的乡下人才会想得出来。除了村子里的中医，大概很少有人知道决明子名字的由来，是因

第三章 草木

为它有"明目"的功效。想来起名字的中医一定是位仙风道骨的老先生，喜欢读老子、孔子和孟子的书，因此执意要在"决明"后面，加个颇有意境的"子"字，于是这一在乡间漫山遍野生长的普通的植物，便具有了美好娴静的古意。

在乡下的老中医尚未将决明子的独特功效传递给村民的时候，秋天的决明子纷纷在阳光下炸裂，露出棕色的颗粒。男孩子们丝毫不关心它们怎样成熟、老去、脱落、坠入泥土。女孩子们则开心地将那些果实捡起来，剥开后晒干了，装入沙包。于是操场上、小巷里、麦场上，便有了我们的欢呼声。那沙包砸在人身上，比沙子温柔多了。捡起来闻闻，还有淡若无痕的草药香。沙包都是我们一针一线缝制的，将6片好看的正方形花布缝在一起，反过来，再装入决明子颗粒，封上口就可以了。女孩子低头认真地做着针线活，心里却想着做好了出门给小伙伴们炫耀一下，比比谁的花色搭配最美，谁的踢起来轻松舒适，谁的小巧玲珑可爱秀气。一旦比输了，一定请母亲或者姐姐们帮忙，做一个更好的出来。

不过女人们还有更重要的事情要做。她们需要将采摘下的决明子，好好翻晒干了，再将里面的籽剥出来，做枕头用。决明子的枕头比荞麦皮的稍硬，味道却比荞麦皮好闻得多。夜晚枕在上面，会闻到青草的香味。蒙眬中睡去的时候，感觉自己好像变成了一只睡在草丛里的小小的蝴蝶，或者有绿色翼翅的飞虫，再或躺在叶片上小憩的蚂蚁。梦里还有风中吹来的决明子花朵的香气，它们的荚果隐匿在枝叶间，时隐时现，傍晚的阳光照射过来，每一片叶子都闪烁着梦幻般的光泽。一切都是轻的、美的、轻逸的。枕上的孩子还会傻乎乎地笑起来，将旁边做母亲的吓一跳，继而嗔骂一句：也不知道这熊孩子在做啥美梦，一个人笑成这球样！做母亲的当然不知道孩子白日在田野里怎样奔跑和玩耍，大人们只顾着庄稼和鸡鸭牛羊，一个小孩子的日常生活，丝毫没有生计重要；

而且乡下的孩子实在太多了,每一家都葡萄一样挂着一嘟噜,最后就连女人们自己也记不清这些孩子的生日究竟是什么时候。

所以决明子荚果里拥挤着的菱形种子,跟女人们生的孩子或者母猪们下的猪仔差不多。一旦出了壳,缝入沙包,装入枕头,便不再被人记起。只有在天气好的冬日,女人们将被褥、枕头拿出来,搭在绳条上、矮墙上,或者棉花枯枝上晾晒,听到枕头里窸窸窣窣的响声,才会想起决明子从春天到秋天的短暂一生。但这样的想起,不过是瞬间,便被柴米油盐的琐事给打断了。决明子又重新回到一株野草应有的安静,被人忘记,并静待明年春天的到来。

村子里忽然有人来收购决明子的那年秋天,一切便都变了模样。决明子在我们眼里,第一次成了可以换来货郎鼓箱子里所有好玩东西的宝贝。女人们日常用的针头线脑也行,胭脂口红也行,就连作业本和铅笔盒,甚至书包,男人们的茶叶和香烟,都能买得来。这样的发现,让村子里的女人和孩子们全都兴奋起来。兴奋过后,女人们发现自己秋天忙得根本没有时间采摘决明子。可是,很快她们又发现,自己生下的那一窝窝"猪仔"们,已经可以挣钱补贴家用了。而无需走太远就能采摘很多的决明子,无疑是最好的挣钱门路。

于是,母亲像其他女人一样,给我和姐姐一人缝制了一个大大的口袋。那口袋是将化肥袋子拦腰截断,拴上两根绳子,而后系在腰上的,这样方便两只手都解放出来采摘决明子。当然,我和姐姐还会另外带着一个大麻袋,这样腰上的袋子满了,就能倒入麻袋里去。这跟摘棉花有些相似,可是感觉却完全不同。因为棉花采的是自己家的,不能额外生出钱来;决明子却到处都是,且没有主人,那简直相当于满地都能捡到钱一样让人兴奋。更重要的是,我不再被母亲关在家里,天天守着炉灶烧水做饭了。相对于吃饭,当然还是挣钱更能吸引母亲的注意。

离开家到田野里去,就像鸟儿飞出了笼子,有在蓝天下自由自在飞翔的快乐。姐姐并不喜欢我这个跟屁虫，总觉得我是父母的眼线，时刻监视着她，让她即便飞出了笼子，也无法酣畅淋漓地翱翔。可是我在姐姐的白眼里，心情并未受到太大的影响，照例欢天喜地地出了门，哼着欢快的小曲，朝决明子大片大片生长着的南坡跑去。南坡上早已有了不少和我一样"淘金"的孩子，其中当然是爱臭美的女孩居多，因为我们都想换了钱去买头绳和发卡。男孩子们是没耐心做这件事的，单单不停歇地拽下决明子这个动作，就会让他们厌烦。不过，他们看女孩子拽决明子是不厌烦的，而且还会津津有味地对我们品头论足，或者隔着一段距离唱歌给我们听。于是，这大片的已经没有花朵的决明子坡地，在秋天的风里，就会变得忽然间浪漫起来。田地里当然是大人们的世界，而在荒草丛生的南坡，则是独属于我们小孩子的天地。

一切都在蓝色的天空下，散发着成熟的味道。风吹起大地上的落叶，将它们卷进沟渠，或堆积在大道边。闲着没事的老太太们，会将树叶收集起来，用麻袋背回家去烧锅。我一边采摘着决明子，一边想，如果云朵也有用的话，比如可以用来裁剪漂亮的衬衫或者裙子，再或挂在窗户上做成窗帘，像棉絮一样做一件棉袄也好，那么秋天的乡下，一定也拥满了采摘云朵的人吧？

秋天的风多么舒适啊，我几乎想要将它们收集起来，储存到炎热的夏天去用。就像把决明子储存到枕头里，枕一个又一个的四季一样。据说采摘的决明子最终被卖到城市里做成药材，那么那些需要决明子明目或者降压的人，会不会闻到秋天里风的味道呢？泥土湿润的气息，万物成熟时汇聚一起的浓郁的味道，在浸泡的决明子茶里，会不会清晰地浮现？如果都不能够，决明子只是在药店里成为一种药，而不是植物、花草或者神秘的生命，那将是多么无趣啊！

在我为这些虚无缥缈的事情惆怅的时候，姐姐正避开我的视线，装作无意地朝一个模样好看的男孩慢慢走过去。她的手并没有闲着，但在我看来，那一刻她采摘决明子的动作，完全是为了掩人耳目。她喜欢上了那个面容俊朗的男孩，她出门前之所以在镜子前打扮了半个小时，不过是为了这一刻，她在他的面前能够更美一些。那时我并不懂得美是什么，可是在那个阳光明亮的秋天的午后，看见姐姐穿着火红色的衣服，犹如热烈的晚霞，朝着男孩飘去，我还是因姐姐的美，惊讶得忘记了自己应该去做什么，才不至于让姐姐在此后怨恨我偷窥了她内心的秘密。

　　我并不知道那个男孩的名字，只从他回家的方向，判断他来自邻村。而姐姐就这样在我的严密监视下，站在高高的决明子丛中，装作熟人一样，一边漫不经心地一边采摘决明子，一边跟他细细碎碎地说一些什么。

第四章　大地

看一只蚂蚁，大约跟看一会儿天空一样，是乡下人永远不会厌倦的习惯。因为天空一直都在那里，比人类还要长久地存在下去；而蚂蚁们呢，也地老天荒般地在大地上奔来走去，没有休止，也永无绝灭。

第四章　大地

狗

　　村子里的狗，跟人一样，一茬接着一茬。狗老了，走不动了，又有新的狗生出来，继续接替老狗，在大街上穿梭来往。老的狗常常跟老的人一起，在冬天的自家院子里，或者院墙根下，寂寞地蹲着。老人抽着烟袋，抽一口，烟雾要吐上许久，好像旱烟也临近暮年，行动迟缓。那老狗就笼罩在烟雾里，有些面目模糊。一切都是安静的，晒干的玉米秸被正午的风吹着，发出簌簌的响声。老人的喉咙里好像有痰，上不来也下不去，就在那里耽搁着，于是呼吸的时候，便有呼噜呼噜的声音。人旁边卧躺着的老狗也是，它的喘气声有些费力，瘦得只剩下一张皮似的身体，有气无力地随着喘息声上下浮动，好像一张漂在河里的腐朽的树皮。临近暮年的老狗，也一定正在朝一条河流走去，那河流会渡它到另外一个安静的地方，那里没有村子里的喧哗，也没有炊烟与食物，但却是美好寂静的。

　　濒临死亡的狗，比人更为淡定，它们也有子女，但很少眷恋，所以狗的眼睛里就少了一些纠结与痛苦。身体上的疼痛，也只是让它们抽搐一下，或者哼哼两声，随即便将自己隐匿在无声无息之中。人老了，只要还有一息尚存的力气，就容易絮叨。絮叨多了，会让人生厌。年老的狗从不遭人反感，它们很自觉地躲得远远的，卧在某个不会让人注意的角落里，苍蝇慢慢地盯住了它们，嗡嗡地叫着，然后落在它们毛发脱落稀疏的身体上，叮咬着它们所剩不多的营养。

狗和人一样，是村子里自然的存在。村子里有多少户人家，就差不多有多少条狗。有时候也分不清哪条是野狗，哪条是家狗。它们每日厮混在一起。村南头的狗说一句话，村北头的狗很快就用狂吠回应上，其他的狗也跟着聊上几句，于是夜晚村子里的安静，忽然间就被打破了。睡觉的人迷迷糊糊地，却知道这是谁家的狗带的头，于是将那狗的主人骂上几句，一个转身又睡过去了。

大约怕夜里也被人骂，母亲因此从来不肯养狗；或许也心疼钱，怕狗咬了人，还要陪人花钱去打狂犬疫苗。狗命不值几个钱，被咬的人却是金贵的，走在狗的身边，有先天的优越感。因为从未养过狗，我便也怕狗，路上碰到了，总是溜着墙根走，怕一不小心就有狗蹿上来，将我撕碎了吃掉。不过村子里的狗跟人一样，相互都是熟悉的，即便关系不怎么好，但也知道这迎面走来的是谁家的媳妇或者小孩。所以真的被狗咬了的事情，并不常见。除非某家的小孩子，非要不识好歹地欺负那狗，狗于是不再管孩子是不是本家的，上去就是一口。这一口要让两家的大人为此打上很长时间的口舌战。被咬的孩子的爹妈指责狗主人没看管好自家的狗，让它四处撒野；狗主人则骂孩子自贬身价，非得跟一条狗较真。小孩子在大人的争吵中，也恨那狗，下次见了它，非捡起地上的砖头砸它一顿不可。狗呢，也知道自己惹了祸，要接连很长时间见了人都灰溜溜的。就是见了别的狗，也抬不起头来。有时候那狗会到狗群里走上一圈，听听别的狗关于它的闲话，如果有不妥当的地方，就辩解几句；难听一些的，也不多言，直接干上一场，用嘴巴决定胜负。当然大多数时候，这狗是不敢再招惹是非的，没吃没喝不说，夜晚还会被关在家门外；尽管篱笆很矮，泥墙也不高，助跑几步就能一下子跨越，但狗还是像被惩罚的孩子一样，徘徊在院墙根下直到半夜。最后狗累了，就蹲踞在门口，睁着眼睛一边想想日间的烦恼，一边警惕着有无盗贼接近主人家院子。狗是即便被撵出去的那一刻,也要为主人尽忠职守的。

乡下的狗,跟乡下的娃一样,少有娇生惯养的,从未有人给狗看过什么病,好像乡下狗的一生,从来没有生老病死。狗生了病,都是自己慢慢熬着,熬过去了,就好了,熬不过去,也就变成残疾或者死掉了。除了小孩子,没有什么人会想念一条狗的往昔,因为永远有新的狗替补过来,成为新的看门护院的仆人。狗命贱,好养活,所以哪家如果缺了儿子,忽然间有一天老天爷长眼,在接连生了七八个女儿后,蹦出来个男孩,他一定会被家族命名为"狗剩""狗蛋""狗子""狗娃"之类的贱名,以便可以跟狗一样好养活一些。

不过人生下来,名字虽然贱,却被姐姐们百般呵护。狗生下来,则连个窝也没有。院子里随便哪儿,只要不碍人的事,不挡人的道,都可以成为狗的窝。有时候狗也会跟鸡躺在一起,或者在牛棚里、香台下、猪圈旁,悄无声息、低眉顺眼地一卧。狗怯人,也只是怯自家主人,它们需要讨好主人,让主人高兴;帮主人看护好院子,是它们一生的职责,至于报酬,是完全不计较的。乡下的狗,一年里吃荤的机会不是太多。但它们一样长得高高大大,从未有营养不良的样子,带出去也特别给主人装面子。有时候它们会背着主人,在垃圾堆里捡拾骨头吃。那骨头经了风吹日晒,都如干枯的木棒一样。但狗依然抢食得非常快活,好像那上面沾着肥硕的一块好肉。有人经过,恶作剧地吓唬一下,它们理也不理,继续埋头苦吃。

正午,男人们在门口的梧桐树下,就着咸菜,蹲在地上吃面条。男人们吃面条跟干什么大事业似的,呼噜呼噜地响。为了表示面条是香的,还要吧唧着嘴,声音隔着二里路都能听到。阳光透过梧桐树叶洒在盛放面条的海碗里,星星点点的,好像喜气的金子。狗就蹲在人的身边,闭眼假装睡着,但狗的鼻翼却翕动着,似乎想吃主人碗里的面条,又一直矜持着,忍着,装出毫无兴趣的样子。就连掉在地上的饭渣,狗也不会轻易地就跑到人的脚下捡漏,非等到人蹲得腿脚麻了,将碗里剩下的残渣用筷子拨拉到地上,示意狗来清理干净,那狗才温顺地起身,礼貌地做最后的清扫工作。

乡下的狗当然永远没有吃得饱的,如果见到一个大肚子的狗,那一定是一只怀孕的母狗。乡下的狗怀孕了,常常找不到是谁家的狗播撒的种子。两口子吵架的时候,狗就在院子里听着。有喜欢看热闹的人,站在院墙根外侧耳偷听,狗闻着那气息,如果是陌生的,一定会叫起来。干架干到兴头上的夫妻俩,并不关心这些,甚至会因此觉得更加气恼,好像狗的好心打扰了他们,便将原本应该砸到对方脑袋上的锅碗瓢盆,丢到院子里狗的身上去。狗受了惊吓,跳了起来,看着这一场互相撕扯的战争,终于有些害怕,灰溜溜地跑出院子,想要到街上找一条熟识的狗,说一说心里的恐慌。

最终,狗什么都没有说,只是沿着墙根孤独地走了一阵,又朝家的方向走去。在巷子口,狗会遇到看热闹的人们,他们打着心满意足的哈欠,交换着观察到的夫妻俩吵架的有趣细节。狗经过他们,会低下头,好像他们点评的不是主人,而是自己。狗自己有什么呢?它一无所有,除了对主人的赤诚之心。可是这满腔的一文不值的热情,又有谁知道呢。于是狗只能夹起尾巴,缩起身子,也不去吼叫那些从院子里杂沓出来的男女,而是很安静地在门口的麦秸垛旁卧下来。狗听到有女人尖着嗓子笑道:看他们家的那条狗,大概也被揍了一顿,跟条落水狗一样,真可怜!狗这次没有喊叫,而是闭上了眼睛,假装什么也没有听到。

乡下的狗当然都不是吃闲饭的。尽管那饭也吃不饱吃不香,但成了人家的狗,就要尽忠职守地做事。看家的任务当然是做狗的天职,谁家如果没有一条狗卧在家门口,代替主人辨别来人的好坏亲疏,那几乎有些人丁不旺的衰颓相。白天的村子里,全是人的声音,隔墙喊叫的,大街小巷里吵嚷的，狗则隐没了一样，悄无声息地在太阳下晒着，或者在阴凉里吐着舌头。只有太阳落下山去，黑夜将袍子罩在村庄上的时候，东头的狗和西头的狗，才会在没有阻碍的夜色中，隔空交流一阵。狗一生的睡眠，大约都是轻的、浅的，犹如暮年的老人。不管酷暑还是寒冬，狗都随时做好醒来战斗的准备。什么风吹草动都逃不过它们的耳朵，所以狗的梦境也一定是碎片化的，好像一潭湖水，时不时会有小孩子将一枚石子投进去，打破梦的宁静。两只醒来的狗，会在深夜用叫声说几句话，也不会多，只是呓语似的聊一会，而后看一眼墙上晃动的树影，再侧耳倾听下巷子里渐渐远去的脚步声，便止了声息，重新沉入梦境中去。

在麦场里打麦的时候，狗是最好的麦子的守护者。不同人家的麦场隔得很近，有时候就用麻袋做个隔断。如果主人不在，再不仔细问一句，人也分不清哪个麦垛是哪家的。但狗却清楚得很，如果有人趁机拽一把麦子，狗会立刻扑上去将人撂倒在地。当然，接下来的动作，狗会看人的眼色行事，毕竟都是一个村子里的熟人，抬头不见低头见，偷人麦子虽然可恶，但也不至于到咬下一块肉来的程度。如果狗真那么没有眼色，咬伤了偷麦子的人，让主人倒霉，赔钱给那人去打狂犬疫苗，到头来遭殃的还是狗自己。所以狗在下口之前，是会察言观色的，且不会误判那眼色中的爱憎程度。大约，狗之间也是有亲疏远近的，狗一定也知道偷麦子的人是哪个"狗友"的主人，看在狗友的面子上，且不去撕破他的衣服，只让他在狗主人面前露丑愧疚就可以了。

于是在月亮下的麦场里，除了几声尖锐的狗叫声和人之间压低了嗓门的交涉，谁也不知道发生了什么。但狗不说，人的嘴巴却是遮不住的。第二天起床后，从村东头到村西头，人人都知道了谁家麦场被偷的新闻。那小偷两天内是不敢出门的，怕人的唾液和狗的叫声会将他淹死。可总是要忙秋收的，于是便昼伏夜出，在高高挂起的马灯下，收拾自家的麦场，并在听到一声熟悉的狗叫后，骂上一句，也便一日日熬过了这个麦收。

麦收过了，田野里便有些空旷和荒凉。放羊的人沿着田间小道，将羊赶到树林里去。放猪的狗，则跟人一样，左右驱赶着猪去无人耕种的坡地上吃草。猪拱着草地，左一下，右一下，要漫无边际地吃下去的样子。但狗不会让猪的这一梦想得逞，它像一个指挥有方的将领，在左冲右突中，保持着猪群队伍优雅有序的风度。猪会在坡地上度过一个美好的下午，直吃得肚子拖地。小猪仔们也不甘落后，跟在母猪的后面，啃着茎叶鲜嫩的苋菜、灰灰菜或者马蜂菜。有时候猪们会想越过狗的看管，去人家地里拱玉米苗吃，狗绝对不会允许这样的事情发生，否则，引起人的纷争，最终惩罚的不是猪，而是狗自己。

猪老实吃草的时候，蹲踞在一旁的狗，一定像看羊的人一样，胡思乱想一阵，或者看着远处树丛里浮起的雾气出神。远方有什么呢？好像什么也没有，又好像隐藏着无尽的希望与梦想。可是那跟一条狗的世界，并没有太大的关系。狗的一生，隐居在乡村，行走在小巷，或者蹲伏在庭院的梧桐树下。远方是诗意的，而一条狗，只踞守在人的家园。

等到某一天，守护庭院的狗老了，叫也叫不动了，主人皱着眉，对登门的人说：瞧这条老狗，不中用了，还赖着不死！

狗将头藏到腐朽的被蚊蝇趴满的身体下面，想要哭，却最终一滴泪也没有。

第四章 大地

壁　　虎

　　天气暖和起来以后，院子低矮的土墙上，猪圈的顶棚上，石头缝里，房间的角落里，屋顶大梁上，甚至睡觉时的蚊帐上，便随处可以见到长相不那么讨人喜欢的壁虎。我在黄昏的时候，搬开一块石头，无意中看到趴在地上的灰色壁虎，常会吓一大跳。那只壁虎也好像受了我的惊吓，一时间愣在原地，不知该朝哪儿去；待上片刻，它才回过神来，消失在一堆乱石瓦块中。

　　乡下管壁虎叫蝎虎子，大约觉得它们跟蝎子属于同样长相骇人的物种。端午的时候，虫子们纷纷出洞，家家户户要驱"五毒"，这五毒里，除了蛇、癞蛤蟆、蝎子、蜈蚣之外，还有攀爬高手壁虎。但在庭院里，其余四个"毒虫"并不太常见，至少不会明目张胆地四处乱爬，属于不轻易扰民的类型。但是壁虎就从来不知躲避人，而且它们似乎很喜欢跟人一起居住。石灰腻成的墙上，挂着晒干的辣椒啊、豆角啊、茄干啊之类吃食，而壁虎也自由自在地穿梭其中。当然，它们只在黄昏抵达之后，才会借着夜色自由穿行。夜晚，院子里的灯一打开，如果哪面墙上没有十只八只壁虎在寻觅食物，人反而会觉得奇怪，甚至有一点寂寞，好像庭院里缺少了一些生机似的。

　　大约是天天与壁虎见面的缘故，所以虽然不喜欢这小虫的长相，但我也没有怕到一定要将其消灭的地步。况且，壁虎是吃蚊子的高手，即便被大人灌输了不知有无根据的其尿液有毒的观念,但跟这小虫还是保持互不干涉的距离。况且,它们的皮肤软软的,样子也有些像长了四肢的蛇,我避之还来不及呢,又怎么会故意地去招惹它们?

无事可做的傍晚,我会坐在院子里,一边拍打着蒲扇,一边看墙上的壁虎陆续出来觅食。壁虎的脚酷似吸盘,可以紧紧地吸附在任何物体上,这让它们看起来很像武侠电影里飞檐走壁、无所不能的英雄。所以每次瞥见它们在墙上如履平地般爬来爬去,还时不时地探出脑袋,将半空里的蚊子瞬间吃掉,却从来不会掉落下来,便心生羡慕,想着如果自己也可以这样爬到邻居家墙头上去,看一眼家家户户正做什么,或在静夜里偷听隔壁胖婶绵绵不绝地大骂瘦叔,再或爬到高高的屋顶上,看看万籁俱寂的深夜里,月亮上到底有没有嫦娥和玉兔,那该多好!

壁虎当然从不理会我的胡思乱想,它们是这个世界上最专注的捕食专家,既不需要阳光的温暖,也不需要人类的打扰,只要有蚊虫存在,也恰好没有瓢泼大雨,便是上好的年景了。为了一只蚊虫,它们可以一动不动地在黑暗的墙壁或者屋檐下,趴上许久。以至于我半夜起来撒尿,还会看到那只壁虎屏气凝神地在纱窗上趴着。当然,它也可能已经不是最初我上床睡觉时见到的那只了。它们长得如此相似,很少有人能够区别出纱窗上的这一只壁虎跟矮墙上的那一只,究竟有什么区别。人也没有这样的闲情逸致,去跟一只壁虎逗趣。因为人总是想,与其那样无聊,还不如去跟村南头的铁蛋兄弟干上一架。乡下的人不能闲着,闲着就觉得无趣,总要找些不相干的什么人,道些家长里短才好。

但壁虎就不一样了。人害怕壁虎,壁虎也恐惧人。人觉得壁虎长相瘆人,又丑,看见了总是绕道而行,或者嗤之以鼻,叫骂几句,丝毫不觉得它们捕捉蚊虫对人是有益的。壁虎也怕面目狰狞的人,看他们在院子里为柴米油盐的琐事争吵,或者毫不留情地拿着笤帚疙瘩追打光屁股的小孩,将原本可以安静的庭院,弄得鸡飞狗跳,它们便怕,急忙地爬到更高的墙壁上，躲在一处电灯昏黄的光线照不到的阴影里，悄无声息地等待院子里的波澜平息下去；夜色则如溪水，在哗啦哗啦吹起的风里，慢慢回归寂静。

公的壁虎是会叫的，静夜里仔细听，能听到从墙角处传来"唧唧唧""吱吱吱"或者"嘶嘶嘶"的声音，类似蟋蟀的鸣叫，但又不尽相同。不过除非求偶或者受到攻击，它们基本上会无声无息地待着，不给人增添任何的麻烦，更不会像人恶意揣测的那样，爬到人的衣服或者后背上去。所以大多数时候，人与壁虎还是能够和平共处的。即便它们偶尔爬到卧室里，挂在蚊帐上，也很快在人的吼声里，迅速地消失在橱柜后面，或者某个人永远无法抵达的角落里。

我总怀疑壁虎是被孙悟空之类的神秘人物给施了妖法，将图画书里南美雨林中的食人鳄鱼，像金箍棒一样缩小了，扔到了我们乡下来。好在它们体型很小，不至于吃人，所以我才能安全地坐在院子里，看它们目不转睛地捕捉蚊虫。我还怀疑它们身上有一种甜蜜的味道，否则怎么会吸引那些会飞的蚊虫，傻乎乎地靠近它们？当然，它们也会自己爬到靠近灯光的屋檐下，或者电线杆上，尽可能地离蚊虫近一些。可是，一个不会飞翔的小动物，想要捕捉有翅膀的蚊虫，多少还是有些难度的。它们又没有我们小孩子常用的捕捉蜻蜓或者知了的网，单凭一条长长的小细舌头，倏地一下伸出来，就能黏住飞翔的蚊虫，这功力实在比武侠电影里的英雄们厉害多了。就连我们人也没有壁虎能耐大，捕捉蚊子全靠喷药，或者挂起蚊帐，来个瓮中捉鳖。但壁虎可是要靠蚊虫为一日三餐的，如果没有一点儿真本事，怕是活不过一个夏天就饿死了。

但有时候，夜晚站在墙根旁边，无意中半空滴下湿漉漉的水珠来，我还是充满了恐惧，不知那水珠到底是不是壁虎的尿液，因为大人们都说，壁虎的尿有剧毒，滴到哪儿，哪儿就会溃烂。村里的老人们还讲故事吓唬我们小孩子，说很久很久以前，也是夏天的傍晚，一个女人给自己家的两个孩子洗澡，旁边桌子上有一杯白天喝剩的茶水，孩子们口渴，女人就顺手拿过茶水来给他们喝了。但片刻之后，两个孩子就消失不见，而盆里的水，则变得又浑又腥……这故事将我给硬生生地吓住了，甚至一到夏天，放在外面杯子里的水都不敢喝，怕一不小心自己便化成了一摊脓水，连骨灰都不留，就平白无故地从这可爱的人间蒸发掉了。

那滴在我手臂上的可疑的水珠，到底没有将我的胳膊废掉。但我还是一遍又一遍地用肥皂和泥巴清洗手臂，直到那里被我搓得像一根胡萝卜，我才努力说服自己，毒液应该被我阻挡在了皮肤外。可是自此再看到壁虎，就自动离它们远远的。那些无虫不捉的男孩子们，也很少会大胆地捕捉壁虎，大约也是怕自己溃烂而死吧。我想壁虎一定很喜欢这个虚构的故事和关于它们家族有剧毒的流言吧，因为如此它们反而可以逍遥自在、无人打扰地生活。

当然还是会有大胆不怕死的孩子，拿了小棍，在壁虎经过时，猛地朝尾巴上一击。那壁虎受了惊吓，竟然断掉尾巴，迅速地逃到砖缝里去。而那条可怜的尾巴，则在原地骇人地蹦跳几下，才慢慢平息下来，且最终没有像我们担心的那样，诡异地钻入某个人的耳朵里去。据说，壁虎慢慢会长出新的尾巴，但我还是会想，它会不会思念过去的那一条尾巴呢？在没有尾巴的这段日子里，它会不会嫌弃自己的样子？或者别的壁虎看见了它，会嘲笑它吧？如果它是一只刚刚有了老婆的壁虎，那更让人悲伤，不知道另外一半会不会因为它身体的缺陷嫌弃他、抛弃它。这样想想，人才是最无情的，一个恶作剧却可能让一个壁虎的生活，发生扭转性的巨变。

但同一条巷子里祥子的奶奶，却是不怕壁虎的。因为她几乎每天都要吃掉几只壁虎！这听起来有些可怕，却是千真万确的事。我其实很喜欢祥子奶奶，她总是笑眯眯的，看见我们小孩子，就从孙子开的小卖铺

第四章 大地

里,偷一粒糖出来给我们吃。对,她每次只偷一粒水果糖,而后剥开鲜亮的糖纸,放在已经快掉光牙齿的嘴里,咬开几瓣,分给我们。因了这点很快就化掉的甜味,我们还是对祥子奶奶充满了好感,觉得她真是一个好人。

可是很快祥子奶奶得了癌症,癌症当然是会死人的。大家纷纷前去探望,人多嘴杂,不知谁说了一个哪儿听来的偏方,壁虎可以治疗癌症。或许,说者不过是出于安慰,随便说一下罢了,但听的人却上了心。不知道是祥子还是祥子奶奶先动了这个主意,总之不久之后,我们每天就可以看到祥子在傍晚拿一罐头瓶子,守候在巷子的墙根旁边,等着捕捉壁虎了。

祥子那时候还没有娶上媳妇,所以他一个人想捉到几点就捉到几点,丝毫不用担心回家晚了,会挨媳妇一顿臭骂。我猜想一整个夏天,祥子因此被蚊子喝了很多的血。为了不弄断壁虎的尾巴,他每次都小心翼翼地用大的网罩,将壁虎套住,而后用手指将其轻轻弹到网罩上,再迅速地放到罐头瓶子里。听说,壁虎一定是活的、完整的,才会对癌症有效。我始终不知道祥子究竟是怎样将壁虎洗干净了,放到馒头里蒸熟了,给奶奶吃的。难道那壁虎不会跑掉吗?难道祥子不怕壁虎的尿液有毒吗?难道祥子奶奶吃壁虎的时候,不会呕吐吗?难道那壁虎吃到人的肚子里,不会死而复生吗?难道死亡比吃壁虎这件事,还要可怕吗?唉,人得有多大的勇气,才能将这么恐怖的壁虎,给吃下去啊!

我每天爬到平房上,或者在祥子家门口徘徊,也始终没有弄清楚,祥子究竟是怎样将壁虎给蒸熟了的;他的奶奶,又是怎样一条条地吃了一整个夏天的壁虎,以至于我们巷子里的壁虎慢慢地减少,祥子要去另外的胡同里寻找。我只知道,祥子奶奶自此很少出门,偶尔拄着拐杖在巷子里走上一圈,小孩子们总会躲得远远的,好像她浑身都爬满了骇人的壁虎。

第二年夏天，祥子再也没有出门捕捉壁虎，因为祥子奶奶没有熬过冬天便死掉了。巷子两边的石灰墙上，又开始有三三两两的壁虎，在黄昏的时候出来寻找食物，或者想念去年夏天断掉的半截尾巴。

只有在壁虎爬到蚊帐上，我睁开眼睛无意中碰到它们，并发出一声分贝很高的尖叫时，母亲才会骂我几句：一个蝎虎子，有什么好怕的?！人家祥子奶奶还吃过上百条呢！我不敢再出声了，并不是怕母亲骂我，而是忽然间觉得，那壁虎好像化成了祥子奶奶，隔着蚊帐，探头看着我，依然是笑眯眯的，露着为数不多的牙齿。

我蜷缩成小小的一团，又轻手轻脚地拽过枕巾来，蒙上了眼睛。

我不想打扰那只通了人性的蚊帐上的壁虎。

第四章 大地

蚯　　蚓

　　夏天下过雨之后，庭院里积满了水，通往巷子口的垄沟一时间忙不过来，那水便打着漩漫溢开来。有的积在梧桐树的树坑里，有的聚在香台底下，有的滞留在猪圈鸡窝旁。我拿着小棍子，将浅浅的垄沟里平日堆积的泥沙、树叶或者瓦块等垃圾，全都清理出来。这样疏通一番后，雨水便欢快起来，汩汩地朝墙外流去。于是半小时后，院子里便现出昔日清洁的模样。而在松软的泥土里，一定会看到许多条蚯蚓，爬到地面上透气。如果不是这一场大雨，它们大约要一辈子待在温暖的地下，或者庄稼和野草的根须里，无休无止地睡下去。

　　我其实是有些怕蚯蚓的，因为它们长得像小小的蛇，但又因它们着实没有小蛇那么可怕，至少，是在我完全可以控制的领域内，所以，我和很多的小孩子一样，喜欢拿一个细细的草茎，将它们挑起来，放到干燥的沙石路上，看它们笨拙地扭动着身体，一伸一缩地朝某个方向慌张地乱爬。如果它们爬得足够快，就能很快消失在某片泥土里。如果动作慢上一拍，就有被旁边冲过来的公鸡给一口啄进肚子里去的危险，再或被人踩断一截身体的致命一击。大街上还有许多小男孩，专门以断掉蚯蚓为乐；因为听说蚯蚓断了一半后，两端各自还会长出新的蚯蚓来，出于好奇，也出于恶作剧，他们就这样将蚯蚓从水里或者淤泥中捏出来，直接用尖锐的小木棍切断，再笑嘻嘻地看着那两部分怎样生离死别地各自愈合。

　　当然很少会有小孩子如此耐心地观察断掉的蚯蚓，怎样成长为两条新的生命，乡下永远有比这更新奇的事情等着他们去做。而我，则害怕观看这样残忍的断体游戏。就像每次来乡下"玩戏法"的马戏团，为了挣钱，总有个十二三岁的小男孩，被当场卸断了胳膊（脱臼），以便博取同情的泪水和更多的收入。而我，就在那恐惧的一刻，从人群里快速地挤出去，一路飞跑着回家，似乎再晚上一步，马戏团里那个心狠手辣的卸胳膊的男人，就会将我也拉进去一起卸了。我想如果蚯蚓也有灵魂，它们会不会在断体的那一刻，像个孩子一样，内心满是无力逃脱的惊恐和绝望？据说，蚯蚓是有心脏的，如果正好切到它们的心脏，就会两边同时死去。那么一个有心的生命，也一定跟猫狗一样，是会哀哀地站在地上，抬头仰望着不可一世的人，求他们放过自己的吧？

　　没有谁会想到这些。一条蚯蚓，不过是不值一提的蚯蚓罢了。在乡下人的眼里，生命只是人本身而已。不，即便是人本身，也不怎么值得提及。那些一生孩子就葡萄一样一大串的父母们，就好像生的猫猫狗狗，任由他们在庭院内外奔来跑去，至于他们是会砸死一条狗，还是虐待一只猫，或者被什么人给揍了一顿，都不在父母关注的事情之内。而小孩子们也不会要求太多，只要在众多兄弟姐妹们之间，能够好好活着，还有口饭吃，就可以了。所以没有被人给予过太多宠爱的孩子，自然不懂得怎样呵护别的生命，尤其是一条微不足道的蚯蚓。

　　大雨过后，蚯蚓究竟是怎么消失掉的呢，它们又去往哪一片泥土，没有人知道。地上的人照例过自己的凡俗日子，而泥土下的它们，也照例为庄稼疏松着泥土，生产着肥料，吞吃着残渣。没有人关心这个地下的王国有怎样的生活。人们在刨地挖草的时候，常常会与它们碰面，也不过是陌生人一样看一眼，就各自走开了。人也不帮蚯蚓回归原位，蚯蚓也不惹人烦厌地爬到脚面上去，让人起一身鸡皮疙瘩。蚯蚓只与泥土

第四章 大地

和所有植物的根系,发生最亲密的关系。它们透明柔软的身体,像弹琴的手指,有节奏地快速伸缩着,没有什么东西能够阻挡住它们的道路。我总怀疑《西游记》里的土行孙,是根据蚯蚓虚构的,当然,像蚯蚓一样能出入地上地下的动物有很多,它的本家长兄——蛇,就是其中之一。我天生好奇,喜欢去抠地上大大小小的土堆;小的会抠到蚂蚁、蝉、蟋蟀、地老虎、稀奇古怪的小虫子,大的则会抠到老鼠、蚯蚓,或者蛇。但相比起老鼠,我还是更害怕蚯蚓和蛇。蛇其实不会轻易碰到,而且它们体型细长,很容易看到。但蚯蚓则不同,它们跟泥土几乎一样的色泽,一不留神就会在一把抓起的泥土里,碰到它们柔软湿滑的身体,甚至捏到它们的脑袋;而此时,我唯一会做的,便是一声尖叫,一扬手将蚯蚓飞快地扔了出去。

蚯蚓当然是田野里最无害的生物,它们既不会咬人,也不会袭击人,而且还是药材。村里的中医药铺里,有放中药的一格一格的小抽屉,上面写着"地龙"的,就是干了的蚯蚓。有患支气管哮喘的老人,买回去研成碎末,日日冲服下去,据说是有很好的药效的,但我总觉得害怕,担心那人肚子里会重新长出一条蚯蚓,而后就成了蛔虫。但我并没有吃过蚯蚓,为什么也会有蛔虫从肚子里拉出来呢?啊,我的姐姐还曾经在拉一条蛔虫的时候,因为那虫子总也拉不完,让我用手去帮忙将那甩来甩去的蛔虫给拽出来!自从做过如此惊骇的事情后,蚯蚓对我来说,更添了一层惊悚。

但母亲却完全不顾及我的恐惧,为了她养的那一院子的鸡能多下一些鸡蛋,去换油盐酱醋,非让我和姐姐去田野里挖蚯蚓给鸡改善生活。我于是只能提起两个罐头瓶子,跟扛着锄头的姐姐一起出了门,朝蚯蚓最多的梧桐树林里走去。《红楼梦》里林黛玉扛着锄头是去葬花,我和姐姐则是很不唯美地挖蚯蚓。不过树林里的天地,在夏天的正午,也自有一种幽静之美。知了的叫声有些乏了,听上去便很是遥远。偶尔有鸟粪从头顶落下来，啪嗒一声滴在一片树叶上，随后便许久都没有声响，只听得见我和姐姐踩在潮湿腐烂的枝叶上，所发处的啪嗒啪嗒寂寞的声响。不远处的沟渠里，有水正哗哗地流淌。鸟雀也午休了，偶尔一只淘气不肯睡去，忽然间从一个枝头飞到另外一个枝头，总会吓人一跳。阳光从树隙间漏下来，洒在细长的草茎上，有风吹过，那里便像一小段明亮梦幻的时光，在轻轻跳跃。

如果不是姐姐用锄头在潮湿的地面上扒开腐烂的树叶，沉迷于静寂时光里的我，几乎忘了自己是来做什么的。树叶下是另外一个小却复杂的王国，屎壳郎、毛毛虫、蚂蚁和飞虫，都聚集在这里自得其乐。再往更深处挖，就会看到蚯蚓。而且，越是湿润肥沃的、腐烂树叶堆积多的地方，越会挖到更多。姐姐负责在疏松的泥土里挖掘，我则将挖出来的劳动果实，捡到罐头瓶子里去。我当然从来不会用手去抓，而是用细细的木棍挑到里面。可怜的蚯蚓根本来不及逃走，就成了瓮中之鳖。

辛勤劳作上两三个小时，我们就可以收获两个罐头瓶子的蚯蚓了。相比起姐姐，我当然是清闲的，所以有时候她在前面当挖掘机，我则优哉游哉地采摘红的蓝的黄的野花玩。树林里花草多极了，我可以采摘到足够多的花，编织成一个漂亮的花环，戴在自己头上臭美。母亲嫌麻烦，从来不给我留长发，甚至有一年，因为我身上生了虱子，她又懒得天天帮我捉，一气之下给我剃了光头！啊，我就这样小尼姑一样顶着光秃秃的脑壳，天天在学校里接受别人的嘲笑，以至于最后，我固执地在大夏天戴了一顶冬天的帽子去上学。那真是屈辱的时光。尽管依然无法像姐姐一样有齐腰长发，但至少我可以在树林里戴上漂亮的花环自得其乐。姐姐只顾着翻找蚯蚓，没时间给我白眼，除非她喊我很多声，我却不搭理，她才会气呼呼地过来打我后背一下。

当我这样沉迷在想象中的世界里的时候，竟然没注意地上的罐头瓶

第四章 大地

子,被碰倒在地,而蚯蚓们则争先恐后地逃离牢笼,等姐姐一声尖叫,发现这一意外事故的时候,蚯蚓们已经跑得七零八落。这时候我是完全顾不得那么多了,怕回家挨母亲臭骂,只能硬着头皮,用手迅速地将蚯蚓们抓回瓶子里去。这简直太可怕了,好像手里抓了一堆刚刚出生的小蛇,那滑腻腻软绵绵的触感,让我全身的鸡皮疙瘩都起来了。我在几乎闭着眼睛将蚯蚓全捉回瓶子去之后,快要哭出来了,执意跑到附近的垄沟里洗手,而且一遍遍地洗,没有肥皂,就用泥巴抹在手上,好像这样就可以将蚯蚓身上的体液全清洗掉。

洗手回来的时候,姐姐已收拾好了东西,准备打道回府。我编好的花环,被她随意地踩踏了几脚,失去了最初的生动。即便姐姐没有故意踩上一脚,我也不敢拿回家去,因为怕她给父母告状,并添油加醋地说,蚯蚓被我放走了一半。一路提着两小罐蚯蚓,我有些提心吊胆,不知道前面一声不吭气呼呼走着的姐姐,到了家会怎么跟我算账。瓶子里的蚯蚓们拥挤在一起,发出沙沙的响声,好像暗夜里的蚕,听起来有些孤独。我恨不能自己变成一条蚯蚓,混迹在模糊的群体里。

好在母亲忙着晚饭,没工夫听姐姐汇报挖蚯蚓的战绩。她不过匆匆扫上一眼,说一句"倒给鸡吃去吧",便忙着搅拌玉米粥去了。鸡像是听懂了母亲的命令,原本已经在窝里懒洋洋地准备休息了,这时候呼啦一下子全围过来,眼巴巴地瞅着我瓶子里的蚯蚓。我小心翼翼地掀开鸡网,将蚯蚓快速地倒在地上,而后连瓶子也不想要,就盖上了鸡网。母亲眼睛厉害,大喊一句:快将罐头瓶子拣出来,拉得上面全是鸡屎,下次怎么用?!我只好重新将胳膊伸到鸡网里去,拽出瓶子来,无意中将一个想要逃回瓶子去的蚯蚓给拉了出来。但一只母鸡眼尖,趁我不备,将脑袋伸出鸡网来。只是那母鸡没啄准,嘴巴啪一下落在了我的手上。我啊一声大叫,哭着给母亲告状,不想却被她一通臭骂,骂我办事不利索,真是笨到家了,连只鸡都欺负我!

我悄无声息地走到院子的一个角落里，蹲在一棵梧桐树下，不想说话。暮色慢慢浮上来，邻居家的女人也在骂自家的孩子。我觉得有些孤独，好像那一只被鸡漏掉啄食的蚯蚓。我很想知道它去了哪里，却又懒得动弹。抬头看看天空，月亮已经升上来了。那只蚯蚓在月亮底下，会迷路吗？这个问题，我想到快上床的时候，终究没有想出答案。

村南头的大水塘里，一到下雨，就涨满了水。小孩子一个猛子扎进去游泳。男人们则闲坐在水塘边钓鱼，他们都是有备而来，早早地派遣女人去捡拾一小罐蚯蚓，而后搬着马扎，拿着鱼竿，带上自家小儿去了村头。水塘边早就集聚了一群人，女人们抱着孩子看跃上水面的鱼，并鸽子一样叽叽咕咕地点评水里扎猛子的男孩。她们又顺便指挥自家男人，将鱼钩上的蚯蚓投放到哪儿去，才能让鱼顺利上钩。如果蚯蚓被鱼偷吃，又趁机逃掉，女人们会失望地喊叫起来，并抱怨男人手笨。那坐在马扎上钓鱼的男人听了，当然不舒服，骂一句，回家待着去！女人一撇嘴：我看你今天就是把蚯蚓全喂了鱼，也别指望能钓上一条来！男人听了愈发烦躁，顺手操起旁边盛放蚯蚓的罐头瓶子，啪一声丢进水里去。那瓶子起初在水里浮着，蚯蚓们则纷纷借此爬出来，而后一条一条飘向水塘边去；过了片刻，水漫进瓶子，咕咚一声沉了底。蚯蚓们在水里起起伏伏，终于一点点靠近了岸边的水草，艰难地爬了上去。

水塘边的人看着，觉得这一场夫妻之间的争吵没有扩大，实在无聊，于是再随便瞟一眼那些不知所终的蚯蚓，还有怎么也不肯上钩的鱼，便彼此说着闲话散开去了。

我拿着小棍，试图将被水草拦住的一条蚯蚓救上岸来，却一不小心差点儿滑下水去。我在惊吓中发了一会儿呆，起身跺一下发麻的脚，也跟着走开了。

那只缠在水草上的蚯蚓，究竟怎么回到泥土里去的呢，我始终不知道答案。

第四章 大地

蚂　蚁

　　我在自家玉米地头上的大杨树下，凝神看一群蚂蚁。

　　更确切地说，它们属于一个蚂蚁王国。几乎每一棵树下，都有一个相似的蚂蚁王国。我猜想它们之间互不干涉，像两个国家一样，有使节来访，礼貌而且严肃，不到迫不得已，不会动用武力解决争端。况且秋天到了，它们的主要任务是储备粮食，而不是侵略别人的国土。生活在乡下的蚂蚁，比城市里的幸福多了。它们不必在钢筋水泥之间，费力挖掘通道，建造城墙；更不必费尽心机地爬到人家门口的垃圾堆里，或者遥远的菜市场上，去捡拾剩下的容易腐烂的残羹冷炙，作为过冬的食物。它们只要在农民收获的时候，随便去路上或者田间拉一点人家漏下的玉米啊、麦子啊、谷子啊、高粱啊、大豆啊，就可以过一个丰裕的冬天了。而且我怀疑它们夏天根本无需储备食物，因为到处都是吃的，每天早晨起来，伸个懒腰，闲散地爬出来，跟左邻右舍们碰碰触角，打个招呼，就可以一边闲逛一边顺便寻找吃的了。

　　所以夏天的蚂蚁们，比秋天的蚂蚁们看上去更有闲情逸致。它们会有大把大把的时间，去周围做一次短途或者长途的旅行。一个小土堆，对它们就是一座需要奋力翻越的大山。一汪老牛撒下的味道浓郁的尿，则是一条需要借助木棍等工具才能穿过的小溪。一段被砍伐下的树枝，则像森林一样布满了荆棘和潜在的危险。至于一株盘根错节的大树，那就是一个王国了，里面可不只是蚂蚁这一类生命，还有跟它们语言不同的蚯蚓啊、金蝉啊、蛐蛐啊、老鼠啊等等物种，要跟这些面貌不同的生物打交道，想起来就比不同肤色的人类之间的交往复杂得多，因为一不小心，它们不只是流血这么简单，而是可能被当作对方口中的一顿晚餐。当然，蚂蚁也不是好惹的，它们是一支擅长群体作战的部队，即便是庞大如一头牛，如果濒临死亡，也拿蚂蚁们没有办法。一头牛被一群蚂蚁咬死、吞噬，一点儿都不是玩笑。即便是牛活着，蚂蚁也敢堂而皇之地爬到它们身上去旅行，或者在牛身上寻找奄奄一息的跳蚤或者飞虫来吃。

所以蚂蚁大概是乡间活得最肆无忌惮也最悠闲自在的生命，人为财死，鸟为食亡，可是蚂蚁们却从不用为这些过度焦虑。几乎每一株大树、每一片沟渠或者田间地头上，都会见到它们的踪迹。人每走一步，都可能踩死一只蚂蚁，这在乡下一点儿都不是夸张。当然，蚂蚁是不会这么轻易被踩死的。它们那么小，完全可以躲到鞋子凹下去的地方，躲过这一场随时随地都可能带来的灾难。至于那些牛脚啊、车轮啊、驴粪啊更不用说了。所以蚂蚁的生命，也最是顽强。我怀疑地震、火灾来了，它们也不惧怕，因为它们会比人类提前预知这些重大的灾难。这样一想，倒是我们人类，看似体积庞大，却最是渺小可怜。

蚂蚁大约也是乡下最勤劳的生命，除了睡觉，它们大部分时间都在奔走。有时候它们还会爬到一朵花上去，不知是不是嗅到了芬芳的甜味，想要学习蜜蜂，将汁液收集到窝巢里。它们站在一朵飘逸的花朵的中心，或者一株大树高高的树梢上，向下俯视人类的时候，会不会笑出来呢？觉得这样美好的风景，人类竟然欣赏不到。那时候的乡下，瓜果飘香，炊烟袅袅，大地笼罩在成熟的光泽里，熠熠生辉。这片土地，在那一刻，是属于蚂蚁的。尽管蚂蚁的寿命从几周到几十年，相比起人类，大部分短寿得多；可是，它们有强大的繁殖能力，人搬迁走了，它

第四章 大地

们却可以世世代代居住在同一株大树下，很多很多年都不会离去。

我常常趴在一棵大树下，看很长时间的蚂蚁都不觉得厌倦。蚂蚁和人一样，高矮胖瘦、漂亮丑陋都有。所以我想它们中间也有嫉妒和嘲笑，可是不管怎样，它们都不会离开群体单独生活。一只离群的蚂蚁，最多活不过7天便死掉了。它们依恋窝巢，就像人类依恋家园一样。它们为这个窝巢运送源源不断的粮食、肉类，却很少会想到，将来这些食物自己能吃到多少，更不会在运送过程中先行偷吃掉一半。有时候一只蚂蚁忽然间被沾染了什么味道，让合作的另外一只蚂蚁，误认为它是另外一个部落里来的，或者原本它们就不是一个家族里的，两只蚂蚁会当场扭打在一起。别的蚂蚁可能会来帮忙，也可能只是两只蚂蚁单枪匹马地打斗，完了各自回巢搬救兵，或者自此忘记，继续营生。

但很少会见到体形硕大的蚂蚁，欺侮身材弱小的蚂蚁。有的蚂蚁像花生米一样大，有的则和芝麻一样小。我猜测那些身强体壮的蚂蚁，就是自然课上老师说的蚁王或者蚁后。有翅膀的当然是蚁王，它们在长成后会四处飞翔，像人类一样，寻找家族以外的合适的爱人结婚生子，并在完成繁殖任务后迅速地死去。而具有强大生殖能力的蚁后，则可能存活几十甚至上百年。这样想来，蚂蚁大概算是母系氏族社会了吧。那个负责生育的蚁后，像乡下的女人们一样，掌管着这个家族或者王国的财政大权，并分配给仆人一样辛勤的工蚁任务，让所有的蚂蚁都各得其所，各司其职。想想能够让成千上万只蚂蚁秩序井然地进行收集食物、保护家园、喂养幼蚁、建造巢穴的工作，那非得有很好的头脑才行。所以这只威严的蚁后，比村子里的女人们厉害多了。女人们教育不了自己家的小孩子，常常当众打骂甚至羞辱他们，借此显示自己对他们的绝对掌控权和领导权。而我们小孩子呢，没有钱，也没有其他的地方可去，又能怎么办呢？于是只能一天天在母亲的呵斥中长大，放学后迫不得已去打猪草、摘棉花，或者拾麦子。如果我们像工蚁们那样，只负责上学或者玩乐一项，那该多好！当然，男人们也没有蚁王那样自由自在，他们娶定了一个女人，就得一辈子做牛做马地为女人服务下去，挣不了钱的时候，还得听女人们唠叨和贬损；他们当然也想飞，可惜生来没有翅膀，而两条腿除了在乡下田地里游逛，又能走到哪里去呢？

所以我趴在地上看蚂蚁，常常幻想自己成为其中的一只，每天只需外出寻找食物，而后召集兄弟姐妹们拉回巢穴就可以了。乡下那么大，食物又那么丰富充裕，随便走上一会儿，就可以收获满满的荤的、素的食物。一粒饱满的麦子、一只半死的蝗虫、一截断掉的蚯蚓、一块香甜的地瓜、一枚芬芳的野果、一口新鲜的香瓜，都是上好的食物。这些任务，比上学读书轻松多了，啊，简直是坐地就可以生财的幸福活计！等到了冬天，大雪覆盖了整个的村子，人还要辛苦地砍柴、烧火做饭、剥玉米、编筐，或者踏着积雪、吸溜着永远擦不干净的鼻涕上学，挨老师教鞭的敲打，可是蚂蚁就可以不用讨好任何人，只需在温暖的巢穴里，每天吃吃睡睡就好了。偶尔，它们也会起来活动活动筋骨，串串门子，照看一下正在长大的幼蚁。这大约就是老师告诉我们的共产主义社会了吧？

不过乡下的小孩子们才不会幻想变成蚂蚁呢，像古书《南柯记》里那样，幻想成为蚂蚁王国的驸马，享尽荣华富贵，更是没影的事。他们只将蚂蚁当成能打发时间的玩具，负责对它们设置种种人为的障碍。男孩子天生是适合战争的人，会玩更残忍的，比如将滚烫的蜡烛油瞬间滴到蚂蚁身上去，看它们挣扎几下，成了"琥珀"。或者将透镜的焦点照在蚂蚁身上，看它们在高温中痛苦地烧灼而死。有时候他们还会将一块融化的糖放在蚂蚁周围，看两队蚂蚁为了这块搬不走的糖发生大战，最终落得个两败俱伤的惨烈结局。直接踩死蚂蚁，或者撕掉它们翅膀、腿脚的，乡下孩子们是不玩的，因为那太幼稚，无法考验智力。只有用墨水浇在蚂蚁堆里,将蚂蚁扔到蜘蛛网上,或者汪洋一样的大水缸里去,将大的蚁王揪成两半,吮吸肚子里酸酸的汁液,用打火机烧、开水烫、尿液浇、捣毁蚁穴,逼出蚁后等等酷刑,似乎才能证明乡下孩子的智商。每发明一种玩法,大家几乎全去效仿。所以究竟有多少蚂蚁,惨死在乡下孩子的手中,想来是无法计算的。

也只有我们女孩子,才能温和地从蚂蚁身上获得乐趣。比如用樟脑球在它们面前划一道线,看它们晕头转向,不知朝何处爬行的时候,再笑着将"线"擦掉,或者小心翼翼地捏起蚂蚁,放到远离樟脑味的地方去。再或拿一小块馒头,丢给它们,看它们累得满头大汗地朝窝里拉去。有时也会放进罐头瓶子里,好生拿吃的养着,养腻了再放它们回去。也有时看它们半天找不到食物,会好心地捉一只大青虫来丢给它们,隔段时间再去看,那青虫已经只剩下空空的架子在风里了。浪漫一些的女孩,还会捉几只蚂蚁放到蒲公英上,而后一口气吹出去,看它们能跟着飞多远。那蚂蚁当然是摔不死的,只是仓皇地借助气味,寻找原路返回家园罢了。

不过乡下可以玩乐的东西太多了,随便一只蛐蛐啊、瓢虫啊、屎壳郎啊、知了啊都可以让我们快乐上许久,所以像蚂蚁这样多得不计其数的小昆虫,是完全不会被珍惜的,大抵玩上片刻,也就腻了,于是便重新去寻找新的乐趣。而一只又一只蚂蚁,也就这样隐匿在永远不会消亡似的蚁群里,安全地、自得其乐地在乡下土地上活着。

我们忽略掉蚂蚁,蚂蚁也忽略掉人类的伤害,于是彼此相安无事地一起居住在乡间。也只有在春天的时候,看到一只在还有些料峭的风里、探头探脑出来觅食的蚂蚁,小孩子们会忽然间欢呼起来,朝大人们喊:快看,蚂蚁出来了!于是大人们也弯腰看上片刻,而后点头,自言自语道:天暖和了,不会再冷了。那时候的大人和孩子都会被这样一个小小的生命打动,并不会想起平日里拿它们取乐的种种,只注视着这孤独的一只蚂蚁爬过冷硬的泥土，消失在一片乱草丛中。

有时候它们也会在人房间里筑巢，比如床底下、柜子后面、砖缝隙里。也不知它们哪儿来的力气，可以冲破这些坚硬的阻碍，将细细的泥土运到地面上来，自己则躲在这没有风雨的房间里，依靠人吃剩的残羹冷炙，维持着整个蚁群的生命。扫地时看到了，人骂一句，一笤帚过去，便端了它们的老巢。但过不了许久，那里又重新恢复了平静，照例有蚂蚁出出进进，和人一样，为了家族的一日三餐而不停忙碌。

乡下的人也便习惯了房间里有一两个蚂蚁窝的生活，不会像城里人那样大惊小怪，要动用灭虫剂将它们消灭干净。而我们小孩子蹲在地上稀里呼噜地吃饭时，还会故意丢一根面条，看蚂蚁们怎么将这上好的食物齐心协力地搬回巢穴里去。这时候的蚂蚁，就成了饭间的小乐趣，好像电视里正上演的精彩的电视剧，一定要追着看到有了结局，才会罢休。

第五章 人间

日头开始毒辣起来,整个村庄都沉寂在无边无沿的午休里,就连知了也隐匿了嘶鸣。我低着头,看自己的影子在地上缓慢地移动。车轮在坑坑洼洼的大道上,吱呀吱呀地响着。也只有这枯燥单调的声音,肯来陪伴我和父亲。

我们这样走了有多久呢,也不知道。我只是觉得,这个小小的村庄,忽然间变得那么那么地大,大到像洪荒宇宙一样,将我们一瞬间吞没,连悲伤,都来不及。

第五章 人间

卖煎饼的

"卖煎饼的来了！"邻村的大人小孩都这样沿街叫喊，于是那个骑三轮车卖煎饼的男人憨厚一笑，亮开了嗓子，略带羞涩地站在街头喊道：买——煎——饼——喽——

这个每天准时出现在邻村大街小巷的男人，是我的父亲。

父亲似乎脑子一热，就想到了做煎饼这个行当。他去北乡某个村子里给人送编好的驮筐，有做煎饼的见了便托他帮忙，问十里八乡有无认识的人，想要买二手煎饼机器的，他们家不想做了。父亲热心肠，跟着做煎饼的去看机器，结果，第一次见到这种新鲜玩意儿的父亲，忽然间就有自己买回去发财的隐隐的兴奋。做煎饼的人一眼就看出来了，于是不肯放过这近在眼前的冲动主顾，将做煎饼这一行当的大好前程，卖力地吹嘘了一番，以致让父亲坚信，如果不是迫不得已，人家不会低价转卖这台机器，非得用它再挣上几万块不可。

所以等父亲离开北乡的时候，他已经下定了决心，放弃他从事了十几年的编筐手艺，要将机器买下来，不管保守的母亲是否会为此跟他大闹一场。

每次一有大事，必会来一次家庭大战的父母，这次却很奇怪地达成了一致。大约，那天晚上父亲因为兴奋而喝醉了酒一样酡红的脸，感染了母亲，让同样想要做点什么发家致富的她，也想借此大挣一笔。而且想到她将从此让全村人告别过去老旧传统的鏊子，走上机械化生产煎饼的时代，母亲甚至有一种妇女先锋的自豪。

于是，在将我们家牛棚简单改造一番后，让全村人都瞧着稀奇的二手煎饼机器，就进驻了我们家。而父亲，自此也跟卖豆腐的狗剩、卖馒头的半熟儿、卖烧饼的王瘸子一样，成了一个"卖煎饼的"。

自然，我和姐姐也不再有闲着的时候。村子里买馒头、烧饼、煎饼之类的吃食，不通行现金，全是用麦子换，1斤麦子大约可以换7两白面煎饼。父亲跑到大队书记办公室喇叭上喊了几次，便算是做了广告。村里人好热闹，一个人来买过一次煎饼，于是全村人都跟着来尝尝鲜。只是，这里面有一半是空着手来让先记账的，至于什么时候会还上麦子，回答千篇一律：等麦子熟了就送上门来。这当然都是先骗一些煎饼尝尝吃的好话，事实上，村里人都习惯了上门讨账，麦子入了瓮，父亲不拿着账本挨家挨户去催，不会有人专程跑来送麦子的。即便是这样的上门讨要，还有人想要赖掉，拿着那账本来来回回看了好几遍，确认不是父亲造的假之后，才千万个不舍地拿了瓢子去瓮里舀麦子。

而我和姐姐的任务，当然是针对另外一半比较自觉地拿了麦子换煎饼的买主。来买煎饼的大多是女人。只有女人才会热衷于倚在门口，好奇地瞧着煎饼机器的传送带上，白纸一样运下来的煎饼，并顺手掰下一块新出炉的香喷喷地咬下一口。在嚼着的当口，女人一边啧啧有声地夸赞，一边不忘将另外的一小块递给一起来蹭吃食的孩子。这样，女人们这一趟也就不算白来，至少肚子里已经囫囵吞枣地盛下了半个煎饼。等到称秤的时候，女人们的眼睛更是贼亮，一定要让姐姐手里的秤杆"高高地"才肯放心。当然，在牛棚里坐在机器旁紧张地叠着煎饼的母亲眼睛更毒，她能穿过女人们来回晃动的肩膀或者牛尾巴一样扫来扫去的长辫子，直接将视线落在姐姐的秤杆上，并看清上面的秤花有没有被粗心

第五章 人间

的姐姐少看了一个。而且母亲明明不识字，可在算账上却是一个好手。听见我和姐姐笨嘴笨舌地始终算不出答案，她便生了气，直接将5斤3两4钱麦子究竟换几斤几两几钱煎饼的答案，高声从牛棚里扔出来。就连父亲这样一个"高材生"，也常常在母亲张口就来的算账本事面前甘拜下风。

在煎饼机器没有买来之前，我想象中的场面是悠闲的、快乐的，只需将搅拌好的面糊倒入机器，它们便会均匀地流泻而出；而不是像现在这样，母亲将屁股粘在马扎上，一刻不停地挥舞着手里的木片，叠着随时会流淌到地上去的"白纸"，并为了防止老上厕所，连水也不敢喝一口。父亲呢，当然只要将面糊搅拌好了，就可以去庭院里喝他的闲茶；而不是像个被烧了尾巴的猴子，因为煤炭火候不均，忽冷忽热，急得上蹿下跳。我和姐姐更不用说了，因为卖煎饼挣了钱，既能名正言顺地给父母讨点零花钱，也能和有零花钱的小孩子们一样走街串巷地玩乐，完全不会在算不出账的时候，当着来买煎饼的人，便被父母一声怒吼了。

日夜轰鸣的一台煎饼机，就这样让昔日宁静的庭院，忽然间变得喧哗起来。父亲这个每天在门楼下安静编筐的人，脾气开始暴躁。他在家里走路永远都是一阵风一样，只是这一阵风不是温柔的清风，而是可以席卷一切的飓风。父亲席卷过很多的东西，但凡他认为碍眼的，都要清扫干净。他看见姐姐晾晒在绳条上的衣服便觉得烦躁，想他已经忙得饭都吃不上了，姐姐竟然还有闲暇天天洗衣服！于是他不由分说地便将所有衣服都拽下来，一下子扔到墙外去。或者，在母亲抱怨面和水的比例添加不均的时候，他端起一大盆刚刚和好的面糊，哗啦一声，全泼到地上。再或，他急匆匆进房间来取面粉，无意中看见我没有学习，立刻将我摆了书本的圆桌一脚蹬翻在地。父亲这股飓风，当然从来不会负责收拾现场，他只负责破坏。常常是姐姐自己跑到门外去，在邻居胖婶意味深长的注视中将衣服捡起来，而后在夜晚父亲不会注意的时候，再一一清洗干净。那倒掉的面糊，是母亲红肿着双眼，打扫进猪食槽里去的。我呢，自然是吓尿了裤子，却坐在湿漉漉的凳子上，一动也不敢动，只侧耳倾听着院子里机器的轰鸣，并从中细细辨认着父亲的脚步声有没有和缓一些，或者他给母亲下达命令的声音是不是还那样地粗暴。我脚边砖铺的地面上，已经有了一小片地图，一只蚂蚁循迹爬了过来，又费力地想要爬出去，却不小心滑倒了，四仰八叉地陷在那一小片"沼泽地"里。我觉得自己像极了那只尴尬倒霉的蚂蚁。

可是又有什么办法呢，我到底还是希望父亲做的煎饼可以挣到很多很多的钱。所以每天晚上，当父母为了做够第二天到外村去卖的煎饼，熬夜到很晚的时候，我也跟着失眠，在轰隆隆的机器声中，一秒一秒地数着时间，并为或许不知何时就会在深夜里炸响的争吵声惶恐焦虑，一直到轰鸣声不知何时停歇了，月亮悄无声息地爬上夜空，并在我的床前漏下一小片月光，我才枕着这静谧又混杂着不安的月光，终于睡过去。

这样的睡眠，当然是短暂的。我早早地就醒过来，躺在床上听父母在院子里忙碌的声音。我依然是假装睡着了，我不敢在这样安静的清晨，很多余地站在父母面前，让他们因为困倦而将无名之火发泄到我的身上。夏天的早晨，有水洗过一样的清凉，暑气还没有蒸腾上来，知了也尚未开始鸣叫，一切都是静悄悄的，除了父母和姐姐搬运煎饼到地排车上的声音。父亲即将去邻近的几个村子里，像卖豆腐的、卖馒头的一样，走街串巷地叫卖，或许半天，或许一天，总之他是要在外面待着的。想到父亲即将离家，我便觉得身体哗啦一声松懈下来，好像这个偌大的院子，即将属于我一个人，我可以尽情地在院子里跳绳、踢毽子、招呼阿秀或者二芹来丢沙包，哪怕将鸡们赶得满地飞，鸡屎落在了香台上，我也不必担心；因为我有的是时间，在父亲回来以前将混乱的现场清理干净。至于父亲在邻村怎样声嘶力竭地叫卖，带去的一军用水壶的热水是否够喝，饿了除了啃咸菜疙瘩和煎饼，能不能吃上点别的热乎乎的饭菜，暂时不在我的考虑范围，我只想享受父亲不在、母亲也无需坐在煎饼机前一刻不停地叠煎饼的片刻安闲。就像一只知了，躲在盛夏正午的梧桐树叶间，悄无声息地小憩一样。

我只跟着父亲去邻村卖过一次煎饼，对于我，那几乎相当于一场旅行。我坐在装满煎饼的地排车上，看着父亲弓着腰，费力地蹬着自行车。自行车和地排车依靠两根粗壮的麻绳，结实地牵引在一起。我神经紧张地蜷缩成一团，让自己变得小小的，似乎这样就能减少身体的重量，让父亲稍稍轻松一些。我又恨不得跳到自行车的后车座上去，帮父亲用手拽着地排车的车把。但似乎除了将煎饼卖出去，我所有的做法都对减轻父亲心理和身体上的负担无济于事。于是空旷的大道上，每路过一个行人，父亲便满含着希望叫卖一声：买煎饼喽！那声音在空气里飘荡开去，很快便消失在夏日的暑气中，连一点儿影子也没有留下。在那个走路的人眼里，父亲不过是外村来的卖煎饼的一个小贩而已，买不买完全是他的自由。甚至，他连看一眼也不必，只一心一意沿着大道走下去，而后在一个拐角一转身就看不见了。

父亲于是将叫卖的声音，喊得更高了一些，也更频繁了一些。似乎他还在跟那个将我们视作一团空气的男人较着劲，一定要将喊叫声传到他们家院子里去。可是那人究竟住在哪个角落里呢，父亲却不清楚。父亲跑过十里八乡，也结识了许多的人，但是作为沿街叫卖的小贩，他显然还是第一次。他没有经验，像一个刚刚结婚的小媳妇，羞涩的，手足无措，想要获得外人的认可，却又怕人注意到他。因此他叫喊的时候，就高一声低一声地，躲躲藏藏地，完全不像卖豆腐的狗剩那样，带着一股子天生就是小贩的随性与自然。

终于有人将父亲叫住了。作为"开市"的第一份生意，自然是要便宜一些的，买煎饼的女人也透着娇媚劲，笑嘻嘻地就掰下一半煎饼，咯吱咯吱地吃起来。父亲当然不好意思说什么，已经高高的秤杆也没办法再低下去，只能自认吃亏。女人带来的麦子全是陈年的，生了虫子，又散发着一股子霉味。不用问也知道，她家的新麦子，都封存在大瓮里，等着年底卖一个好价钱。父亲看着袋子里掺杂了许多"大麦"的麦子，想要皱眉，却最终只笑着说了一句：这麦子，成色不好啊！女人听了父亲暗含深意的话，脸都没有红一下，照例闲适地嚼着煎饼，笑嘻嘻道：明年你再来，保证粒粒饱满。

父亲没工夫跟她计较这些问题，因为又有其他的女人，循着叫卖声走出了巷子，隔着十几米远呢，就喊：卖煎饼的，上这边来一下，我家也买点。又有遥问价格的，见父亲忙，我就跟着回应：1斤麦子换7两煎饼。说完了我就脸红，好像要登台表演我最不擅长的唱歌一样。那女人果然很仔细地看了我一眼，而后用所有女人都会用的方法，教育她身边馋得一直在咽唾液的小儿子：瞧见没，学习不好，以后你也得像她一样，跟爹出去卖煎饼！

啊，我真想在那一刻化作一个煎饼，哪怕被那个女人吃进肚子里去，也好过被很多人好奇又同情地注视。但我却无处可逃，我只能帮父亲扶着麻袋，把称好的麦子倒进去，又在尘灰飞扬中，将麻袋口紧紧地闭上，似乎，女人们故意在麦子里掺的沙子啊、碎屑啊、泥土啊，一旦跑出去，会失了斤两，让父亲转卖到粮库里的时候，也跟着折本。不过闭住了口袋，我的脸还是灰扑扑的很快成了土人。我和父亲两个土人，就这样在女人们的喧哗声中、孩子的喊叫声中、狗流着口水对着煎饼的狂吠声中，不停地装着麦子和煎饼。

我希望煎饼可以很快地卖完，这样我和父亲就能轻松地骑车回家。但那煎饼被卖到一半的时候，就似乎累了，慵懒地趴在车上，再也不肯

第五章 人间

朝人家袋子里跑。于是父亲将车推到树荫下，把空了的煎饼袋子铺在地上，让我坐在那里不要动，然后从地排车上摘下军用水壶，去对面的一户人家讨热水喝。

"有人吗？"父亲站在门槛外，犹豫地朝院子里喊。很快，一个矮胖的年轻媳妇从堂屋里出来，看了一眼父亲随即就扭头回了屋。我有些紧张，又替父亲觉得难堪。倒是父亲满怀着期待，像乡下常会见到的要饭的一样，倚在人家门框上，闲散地看着院子里奔跑的鸡鸭猫狗。我看到一只精瘦的鸡嗖的一声飞上了墙头，而更多的鸡则在墙根下漫无目的地散步。还有一只肥硕的猫，沿着梧桐树干悄无声息爬上了平房。一条狗被太阳晒得有些头晕，眯眼瞅着父亲，却懒得叫上一声，向主人表达它作为一条看家狗的忠诚。我在知了声嘶力竭的鸣叫声里，觉得父亲也似乎化成了院子里的某个物件，只不过这物件，是依附在黑色铁门上的。

终于，女人提着一暖瓶水，从堂屋里走了出来。那暖瓶是鲜艳的红色，上面画着一枝娇羞的牡丹。我猜测女人是刚刚结婚的小媳妇，因为她的凉鞋也是红色的。她的脸上还露着一些紧张，朝父亲水壶里倒水的时候，还忍不住朝门外看了一眼。大路上有男人骑着自行车缓缓而过，那速度是故意放慢了的，视线中也带着意味深长的窥探。女人因此更紧张了一些，水便不小心洒出来，滴在了崭新的凉鞋上，她"哎呀"叫了一声，这一声让我和父亲立刻生出愧疚与不安，好像我们欠了她不只是一壶水，而是一车的煎饼。于是父亲转身去车里拿出一个煎饼，歉疚地笑笑，递给女人。

女人愣了一下，还是用沾着泥灰的手接过去，又飞快地看一眼正午阳光下空荡荡的大道，便笑着转身回了院子。院子里那条懒惰的狗，忽然间来了精神，讨好地蹭着女人的腿，又不停地摇着脏兮兮的尾巴，并将全部的注意力投射到那块煎饼上。女人一口咬掉大半个，又低头看了一眼，便随手将剩下的半个，丢给了营养不良的狗。那狗立刻兴奋地叼起来，跑到鸡鸭看不见的角落里，一门心思地猛吃起来。

我和父亲忽然被那条狗的吃相弄得有些心烦，于是胡乱吃了几口煎饼，又咕咚咕咚朝肚子里灌了半壶水，便从树荫下起身，推起车子，沿着连影子都看不到的大道，漫无目的地向前走着。

这次，我没有坐在地排车上，而是在后面卖力地帮父亲推着。日头开始毒辣起来，整个村庄都沉寂在无边无沿的午休里，就连知了也隐匿了嘶鸣。我低着头，看自己的影子在地上缓慢地移动。车轮在坑坑洼洼的大道上，吱呀吱呀地响着。也只有这枯燥单调的声音，肯来陪伴我和父亲。

我们这样走了有多久呢，也不知道。我只是觉得，这个小小的村庄，忽然间变得那么那么地大，大到像洪荒宇宙一样，将我们一瞬间吞没，连悲伤，都来不及。

第五章　人间

卖豆腐的

村里专管卖豆腐的是狗剩。

冬天的早晨，我还赖在被窝里，抱着早已没有多少温度的"烫瓶"蜷缩着取暖，就听见狗剩尖尖地扯起嗓子叫卖的声音：卖豆腐——喽！他的嗓音，又沙哑，又粗糙，又尖锐，以至于我总觉得狗剩嗓子眼里，长了一块细细的肉，他一开口喊叫，就有一个无形的小手，扯起那块颤抖的肉，往天上用力地拽；我因此替他觉得疼，真希望他尽快地偃旗息鼓，让那肉好好地歇上一歇。偏偏他越喊越带劲，不将村子转上三圈，他誓不还家。于是我便被那声音给小小地折磨着，直到狗剩终于卖光了箱子里所有的豆腐，骑车回家吃他的早饭。

当然，很多时候，我是等不到狗剩卖完豆腐的，母亲一准将我拖出被窝来，然后将衣服扔过来，让我自己瑟瑟缩缩地穿上。天气冷得像冰块一样，好像连尘埃也一起给冻住了，所以一切看起来都特别清洁干净，连空气都有些清冽得呛人。放在院子里的水桶，肯定是结了厚厚的冰的。于是我便应母亲的命令，用铁勺子将冰块一下下地砸开，并将浮冰舀到大锅里去。母亲则抓过几个玉蜀黍皮来，又划开一根火柴，点着了，放到锅底摆好的一束玉米秸上。她还侧头小心翼翼地摆弄着玉米秸的空间，尽量让火焰可以蹿至每一个角落，于是炉灶里便热烘烘地燃起来了。母亲又放了七八个玉米棒槌，而后忽然间在狗剩的叫卖声里，想起了什么似的，急急地拍打下衣服上的尘灰，将包裹的头巾一把扯下来，扔到玉米秸上，而后对快冻成咸菜疙瘩的我说：过来拉一会风箱，娘去买斤豆腐，中午炖粉皮大白菜。

于是我便有些怨恨狗剩，他一喊叫，我不是被母亲拉出被窝去，就是被钉在灶间的玉米皮墩子上，一下一下费力地拉着风箱。要是锅底热烈的炉灰里，能埋着一个地瓜，那肯定会让我带劲地拉的。可惜，大多数时候地瓜们都躲藏在地窖里。于是，我也只能在狗剩尖尖的叫卖声里，百无聊赖地继续替母亲拉着风箱。

隔着二翔家，我隐约地听到母亲跟狗剩闲扯的声音。母亲是特别擅长笑着跟小贩们讨一点便宜的，不像父亲，三言两语，砍价砍不下来，也占不到一点便宜，就着急上火，甚至跟人打了嘴仗。母亲从来都是笑意盈盈的。

她先夸赞狗剩一番：今天豆腐真嫩，成色不错啊！你和俺大娘每天三四点就起床，真是辛苦。

狗剩麻利地拿出秤和秤砣，笑呵呵回道：嗐，做豆腐，也就这点累，习惯了。

母亲接着话茬夸：多亏俺大娘身体好，能帮你照应着，有她在，你这辈子啥都不用愁。

当然，我知道背地里母亲可不是这样说的。她总是带着一种又同情又嘲弄的语气说：狗剩这辈子娶不上媳妇，是白瞎了，做豆腐再好有啥用，有媳妇那才叫过日子。

这些闲言碎语，也不知道狗剩是否听到过。反正村里就他一家磨豆腐，人们再怎么爱拿他这光棍开玩笑，终究还是得买他的豆腐。当然，大家也可以不吃，可是，一斤豆腐实在也不贵，隔三岔五地，还是要买来跟白菜粉皮炖了吃的。所以，买豆腐的时候，为了能让狗剩的秤杆高

第五章　人间

高的，少收几分钱，女人们依然愿意不遗余力地给予狗剩夸赞。而狗剩呢，也享受每天人们为了口腹之欲，和和气气跟他说话的这点好。

于是听到母亲这些体恤温暖的话，狗剩就忍不住将一小块掉下来的豆腐，放进已经秤杆高高的秤盘里，并豪迈道：今天多给嫂子一点，吃好了明天再买。

母亲于是就这样不费吹灰之力，占到了一点小便宜。她会因为这一小块多出来的豆腐，一天都喜气洋洋的，好像大旱年间我们家抽签，忽然抽中了第一个用集体的机井浇地一样。替母亲拉着风箱的我，也会立刻因为她占的这一点小便宜解放出来。母亲总是第一眼就发现了我受的辛苦，温柔地道一句：我来拉吧，你去屋里暖和暖和。

我当然不会去屋里待着，因为屋里并没有生炉子，为了节约煤，只要好天气，母亲是不怕蹲在锅灶旁边挨冻的。当然，用玉米秸和玉蜀黍棒槌烧火，因为易燃，锅底的火轰隆隆的，延伸到灶膛的每一个角落，气势看着挺唬人，也便给人一点温暖的错觉。我于是就猫狗一样赖在母亲身边，一边哼哼唧唧地说着冷，一边却不肯离开，只将两手放在灶膛门口，胡乱地烤着。母亲于是添着柴火，安慰我说：别哼哼了，过几天我带你去狗剩家，要一碗热乎乎的豆腐脑给你喝。

啊，这句话一下子让我觉得冬天变得那么地生趣盎然，好像墙头上跳跃的麻雀，或者闪烁的阳光；就连狗剩的斜眼，看起来也不那么让人讨厌了。我于是一心一意地盼着去狗剩家里讨要豆腐脑喝，这样人间的美味，在乡下也就一年能喝上一次吧；因为狗剩显然是不卖豆腐脑给人的，他需要留着它们做上好的豆腐；况且，乡下哪个做父母的，会五六点早早起来，只为给孩子要一碗热乎乎的豆腐脑喝呢？被窝里那么多赤条条的孩子，只怕一碗豆腐脑会引来一场兄弟姐妹间的争夺大战。所以原本不多的宠爱之心，也就熄了火，只在路过狗剩家豆腐坊的时候，使劲嗅一嗅里面浓郁的豆香味。于是豆腐脑对于每天早晨喝咸糊豆粥的小孩子，就成了奢侈品，一年到头，除非父母忽然间发了慈悲，觉出我们小孩子是可爱的，基本不会浪费钱，去买这样一碗据说城里人才喝的稀罕物。

母亲说话是不算数的，她说过几天，一过就是半个多月，等想起来这回事，已经是她再次买狗剩豆腐的时候了。这次我不再傻乎乎地拉风箱了，我丢给姐姐干，自己哼哧哼哧地跟在母亲后面，看她在巷子口买豆腐。

狗剩眼斜，立刻就看到了我。所以听见母亲又谈笑风生地夸他做的豆腐，一激动就开口客气道：有时间嫂子带闺女去喝一碗豆腐脑吧。

我才不管狗剩是不是客气呢，我只眼巴巴地看着母亲，希望她赶紧想起自己的承诺，并立刻将其付诸实践。母亲大约是忘了自己的承诺了，但她却抓住了狗剩话语里另外一层意思，那就是可以免费去喝一碗，于是她立刻应承下来：哎呀，买豆腐还送豆腐脑，那多不好意思，我看看明后两天带闺女去喝一碗，她可是嘴馋了很久了。

狗剩大约以为母亲说的这两天也是托辞吧，可母亲却在当晚就早早将我送进了被窝，原因就是第二天要早起带我去狗剩家的豆腐坊里喝豆腐脑。母亲不知道，我因此兴奋得几乎一夜没怎么睡好，好像我不是去喝一碗豆腐脑，而是穿了花衣服去拜大年、看花灯、赶大集，或者走亲戚，而且那亲戚家一定还有压岁钱可以拿。在轻浅的睡梦中，我甚至还梦到一碗温热、柔软的豆腐脑。

早上6点，我就被母亲叫了起来，闭着眼睛迷迷糊糊地穿好了衣服，却因吵醒了父亲招来一通责骂。他骂我没出息，为了喝人家一碗免费的豆腐脑，披星戴月地赶了去，要是人家给点钱，还不住人家里认个干爹?!这句话当然是指桑骂槐，讽刺母亲也不觉得害臊，天还黑着呢，就带着孩子朝光棍家跑，让人知道了像什么话?!母亲听了没吱声，却是好好打扮了一番,还围了一条好看的红围巾,又给我戴了胭脂红的套脖,然后轻轻拉开了门,就牵着我的手,穿过冬日清冷的空气,朝村南头的狗剩家走去。

狗剩家背靠着村里的大水塘,夏天发大水的时候,他们家院子便成了河,狗剩就推着自行车,淌着"河水"出来卖豆腐。冬天的时候呢,狗剩卖完了豆腐,就去河里炸鱼,哦,他的一只眼睛,据说就是这样炸坏的;以至于村里人都说,狗剩家风水不好,媳妇都让水神给卷走了,所以他才一辈子都是打光棍的命。不过狗剩他娘似乎并不在意别人的嘲笑。狗剩他娘就每日颠着个小脚,在热气腾腾的豆腐坊里推着磨,拉着风箱,点着盐卤,什么话也不多说,什么闲言碎语也不放在心上。于是女人们便又开始编排,说狗剩他娘是舍不得狗剩娶老婆的,自从狗剩他爹十几年前去世,狗剩他娘就习惯了跟狗剩相依为命,如果忽然间多出一个女人来,那狗剩他娘可就没有容身之地了,所以还是这样孤儿寡母在一起做伴合适,反正,就凭狗剩这副模样,即便娶上老婆,也是歪瓜裂枣的,那还不如不娶的好。

于是狗剩就成了村里有名的光棍之一,一年一年,只顾尖声扯着嗓子叫卖豆腐,却再也没有提媒的人来,好像人们都希望他一直光棍下去,这样村里就有了谈资,有了可以随意取笑的一个人,而狗剩和他娘这对孤儿寡母,也就可以作为最值得同情的人家,专门用来陪衬别人的幸福了。

因此一对夫妻吵架,男人会说:好歹我也比卖豆腐的狗剩强,你嫁给我,就知足吧!

女人则会说:就你这熊样,再不争点气,混出个人样来,就成了狗剩了!

男孩子们也乐意拿狗剩嘲笑伙伴:谁不守游戏规则,谁以后就去给狗剩家磨豆腐!

女孩子更不用说了,一扭头甩出一句来:闲着没事干,就去帮狗剩卖豆腐得了,干吗在这里惹人烦?

狗剩和狗剩他娘肯定也听到过人家的闲言碎语吧,但是他们照例在村子里一天天过下去,并不曾见狗剩跟谁争吵过什么。也或许,狗剩是根本吵不过人家的,因为他一着急就结巴,一个又结巴又斜眼的男人,哪有什么资格跟人吵架呢?所以,狗剩也就干脆闭上了嘴巴,以便节省下力气,每天早晨出门卖豆腐的时候多吆喝几句。

但在那个冬天的早晨,狗剩家的这些落魄事,都跟我和母亲无关了。我只一心一意地想着狗剩豆腐坊里加了鲜香卤汁的豆腐脑,而母亲呢,则盘算着怎么喝一碗再带走一碗。冬天冷寂的大街上,我和母亲都穿了鲜艳的衣服,喜气洋洋的,好像去赶赴一场相亲会。母亲牵着我的手,两个人谁也不说话,只在尚未亮起的天光里安静地走路。我与母亲的呼吸一轻一重,好像在为细碎的脚步声伴奏,又好像两只昼伏夜出的动物,在黎明前最后的夜色掩映中,出没在人烟稀少的街头。

我想,如果此刻有女人打开大门,恰好看到行色匆匆、神情可疑的我们,一定会背后给自家男人说:瞧这娘俩起那么大早,急匆匆的,一定不是去做什么好事。哦,在很少能够喝到豆腐脑的乡下,早起去喝一碗免费的豆腐脑,听起来的确不像是什么好事,好像我和母亲生来就是爱占便宜的人,又好像我们生下来就是为了喝这一碗豆腐脑一样。

好在,狗剩家并不太远,这也让我和母亲心里淤积着的那口气,没有花费太长的时间便长长吁了出来。待到一脚跨进狗剩家门,听到狗剩他娘拉风箱的声音,还有狗剩着急时结结巴巴的说话声,我和母亲终于觉得心里踏实下来,好像那柔软的豆腐脑,早已吃到了嘴里。

狗剩听见柴门吱嘎一响,就从灶间里探出头来,看见是我们娘俩,

第五章 人间

便笑：正想着，你们就来了，豆腐脑的卤子早打好了，在锅台上备着呢。

我顾不上听大人们说话，只好奇地看着灶间里很大的两个瓷缸，其中一个装满了刚刚从石磨上磨完的豆浆，而另外一个大缸里的豆浆，已全部被倒入了大锅，且在烧火棍和风箱的集体作用下，沸腾起来了。于是狗剩他娘开始用大舀子将锅里的豆浆，舀入大缸里。母亲也不肯闲着，一边帮忙舀一边陪狗剩他娘唠嗑，当然说的全是夸狗剩的话，说他人仗义、大方、卖豆腐从来不跟人斤斤计较，所以村里人都愿意支持他们家生意，这豆腐坊也在附近几个村子里出了名。母亲当然不会将后面一句暗含的话给说出来，那就是可怜的狗剩，做的豆腐十里八村都卖得出去，唯独他这个人卖相不好，活到40岁了，还是光棍一条。

不说出来，灶间里便一团和气。氤氲的热气中，两个女人忙得满身是汗，母亲干脆脱了棉衣，露出自己新近织成的枣红色毛衣来。那枣红虽然是沉郁的颜色，却被奶白色的散发着热气的豆浆映衬着，透出迷人的熟透的果实一样的色泽来。于是昔日被狗剩和他娘充塞的枯寂的灶间，忽然间变得生动起来，而我的存在，更为这狭小晦暗的空间点亮了一盏灯，现出一个正常家庭里的温馨动人的底色。

我想狗剩和他娘一定沉浸在这种温暖又陌生的感觉里不想出来，以至于他们让我和母亲连喝了两碗加了鲜香卤汁的豆腐脑，还不肯放我们走，非要跟母亲聊聊家常。而母亲，也自觉地尽到了白吃白喝所需担负的义务，将狗剩缺少的女人的温暖和狗剩他娘从未体会过的婆媳之间的关爱，真真假假地全表演给了他们。

临走的时候，母亲用这样热情的表演，换走了两碗捎给父亲和姐姐的豆腐脑，外加一斤新鲜出来的豆腐。母亲当然坚持要付钱的，无奈狗剩在那个早晨太像个男人了，而且还有一股子说一不二的霸道，就像他忽然间有了一个可以让他看上去有男人威严的老婆。

啊,那个寒风刀子一样嗖嗖割着人肌肤的冬天的早晨,我的心却被两碗豆腐脑给弄得暖融融的,以至于我觉得我快要爱上狗剩了。

可是我要将这爱深藏在心里,不告诉任何人。我想。

第六章 风雨

这时，如果我回到村庄，蹲在墙根下，眯起眼睛，晒晒太阳，我一定又可以听到风的声音。那声音自荒凉的塞外吹来，抵达这堵墙的时候，已经是春天。风暖洋洋的，在我耳边温柔地说着什么。去年的玉米秸，在风里扑簌簌地响着，它们已经响干响干的，一点儿火花都可以让它们瞬间呼隆呼隆地燃烧起来。空气中有一种甜蜜的、好闻的又热烈的味道，那味道似乎来自遥远的童年，在我还是一个孩子的时候。

第六章　风雨

风

起风了。

我坐在一株梧桐树下看天。天空上的云朵在跟着风走，起先是一小朵一小朵的，像春天落在沟渠里的柳絮，风一来，就溜着沟沿走，谁也不搭理谁，谁也不依恋谁。那些细碎的云朵，没有来处，也不知去向。地上的人并不晓得这一朵云和那一朵云的区别，甚至还没有抬起头来看它们一眼，南来北往的风就将它们全吹散了。后来，云朵就越聚越多，风起云涌，大半个天空很快就被它们占据了。

风有些着了急，试图以更大的力，将云朵重新吹散。可是云朵却深深地在天空扎下根去，盘根错节，枝繁叶茂，任由风有再浩荡的力量，也终于奈何不了它们。

弟弟起初在树下玩泥巴，风将他皱巴巴的衣服一次次地吹起，执拗地要寻找些什么，可是最终连一粒糖也没有找到，于是便无聊地将衣角无数次地掀起，放下，掀起，又放下。弟弟着了迷似的，沉浸在泥塑的坦克大炮中，嘴里发出嘟嘟嘟的机枪声，还有一连串"嘭嘭嘭"爆炸的声响。他连一只蚂蚁爬上脚踝都没有注意，更不用说那一股不知从何处而来的风的撩拨。

风还在持续地吹着。它们越过连绵不断的山，吹过空空荡荡的田野，拂过被砍倒在地的玉米，试图带走一枚野果，但不能如愿，只好恋恋不舍地将其丢弃，又继续向前，扫荡孕育中的大地。田间的草被风吹得快要枯了，可还是拼尽全力，从泥土里钻出最后的一抹绿。那绿在风里瑟瑟地抖着，左右摇摆，不确定要不要继续向半空里流动。风冷着脸，原本想将这已荒芜的草连根拔起的，却使不上劲，于是便呼哧呼哧地喘着气，沿着一大片草兜兜转转了许久，到底还是觉得无趣，俯下身体，蛇一样嗖嗖地擦着草尖向前。

后来，风就抵达一片久已无人照管的桑园，看到了坐在梧桐树下的我，还有在自编自导自演的战争中，呜呜喊叫不停的弟弟。他的裤子上满是泥，脸上只剩下一双黑亮的眼睛。因为太瘦了，他整个的人就隐匿在衣服里消失不见。于是风吹过来，只听见衣服绕着一截树桩一样啪嗒啪嗒地响着。

风一定试图带走我和弟弟，于是它们在小小的山坡上逡巡逗留了许久。相比起我卷曲细软的头发，它们显然对弟弟的坚船利炮更感兴趣。它们叉着腰，居高临下地斜睨着弟弟，并将他用草茎做成的旗帜一次次地拔起。风还在半空里发出怪异的笑声，那笑声长了脚，阴阴地从四下里聚拢来，俯视着再一次将草茎插到船上的弟弟。风当然笑嘻嘻地又吹跑了无用的旗帜，并在恶作剧后哗啦一下四散开去。风散开的时候，同时卷走了那根草茎。于是草茎就沿着山坡，一路打着滚，踏上未知的旅程。弟弟生了气，停下激烈的战斗，跑去追赶他的旗帜。风哼着小曲，嘘嘘地笑着，嘲弄着弟弟，并将他的所爱吹得更远，一直到那根草茎落进了沟渠，并打着旋顺水漂向更远的地方。

弟弟在沟渠旁站了好久，才垂头丧气地返身回来。他已经没有热情再开始另外一场战争，尽管处处都是草，他完全可以随手扯一根新的草茎，重新投入战斗。他就在一步步朝山坡上走来的时候，忽然间看到了风起云涌的天空。5岁的他，迎着风，张着嘴巴，傻子一样呆愣在原地。他的口水顺着唇角流淌下来，好像他在看的不是大朵大朵的云，而是一

第六章 风雨

大锅咕咚咕咚冒着热气的猪头肉。他还不知道"美"是什么，也不知该如何表达，于是他就"啊啊"地朝我叫着，喊着：姐姐，快看，云要打仗了！

无数的云聚集在一起，要跟谁打仗呢？当然是风。风浩浩荡荡地在秋天的田野里吹着，以一种收缴一切战利品的骄傲的姿态。这时的它们，早已将村庄的大道，人家的房顶，迎门墙上剥落了颜色的不老松，庭院里的鸡鸭猪狗，全给扫荡了一遍。风明显不屑于在墙角旮旯里小家子气地兜来转去，它们是有大志向的，它们有气贯长虹的豪迈，有吞云吐雾的气势。于是风扭头冲向云霄，开启了一场在遥远天边的战斗。

我和弟弟抬头看着天边的云，直看得脖子都疼了，风还没有散去。风一定也有些累了，在黄昏里慢了下来。凉意自脚踝处蛇一样一寸一寸地漫溢上来。那是风带来的凉，自更为遥远的北方大地。在更北的北方有什么呢？森林，沙漠，河流，戈壁，还是荒原？风从那里吹过，要马不停蹄地行经多少个日日夜夜，才能最终抵达这个小小的村庄，并搅动一场与云朵的战争，且恰好让我和弟弟看到？

那时的我，去过最远的地方，不过是热闹的县城。我连火车也没有坐过，只从父亲的口中，听说他常去送货的地方，要经过一段长长的铁轨。我于是便想象着火车呼啸而过时，风将路上的草屑卷起，落在父亲的衣领上。他微闭起眼睛，躲避着半空飞舞的尘埃。风将震耳欲聋的声音，强行灌入他的耳中。或许，父亲会像个孩子一样，用手指堵住双耳，并微微地张开嘴，好奇地注视着这庞然大物的离去。在那样的片刻，火车带走了他在尘世的哀愁，那些穷困的日子，也暂时地被他忘却。一切都忽然生了翼翅，带着似乎从未有过梦想的父亲，奔向色彩瑰丽的远方，奔向他曾经想要驰骋天下的未来。风将一切鸡零狗碎、柴米油盐的日子推远，父亲的自行车后架上驮着的麦子、地瓜、粉皮，都自动隐匿。在铁轨上的风快要消失的时候，父亲或许有过瞬间的冲动，想要追赶那列远去的火车，或者变成任何一个车窗内曾经给过他注视的旅客，不管他们是否跟他一样陷在日常的琐碎生活中。他只想去远方，猎猎的大风吹来的远方。就像那一刻，跟着天边的云朵，一起飞往虚空之地的我和弟弟。

天一黑下来，风就被关在了房间之外。我在窗前的灯下做着无休无止地模拟试卷。我不知道人一天天长大，为什么也要一场场考试，但我却明白，这一场场考试可以将我送往大学里去。大学在哪儿呢，当然是在远方。想到这一点，我便将心继续沉入试卷中。窗外的世界，也慢慢浸入湖水一样的安静里，于是风的声音，便愈发清晰起来。

院子里有搪瓷盆碰到水泥台子的声音，那是母亲在洗手。她刚刚给牛铡完睡前的最后一次草，并将刷锅水倒入猪盆里，用力地搅拌着猪食。猪们早早地就听到了，扒着猪圈的墙，站起来向外看着。弟弟拿着木棍，用力敲打着一头想要出人头地的猪。那猪于是无奈地重新回到猪槽旁边，并用哼哼表达着心中的不满。我透过窗户，看到手电筒清冷的光里，母亲正将一盆冒着热气的猪食哗哗倒入槽中。她的一缕头发被秋天的冷风不停地吹着，好像墙头上一株摇摆的草。随后便是猪们一头扎进槽里猛吃的声音。墙角的虫子要隔上许久，才会在风里发出一两声低低的鸣叫。那叫声有些冷清，是一场热闹过后孤独的自言自语，无人搭理，也不奢求附和。

在父亲将自行车推进房间里来，弟弟也将尿罐端到床前的时候，院子里终于安静下来。整个村庄里于是只剩了风的声音。风从一条巷子穿入另一条巷子，犹如一尾冷飕飕的蛇。巷子里黑漆漆的，但风不需要眼睛，就能准确地从这家门洞里进去，越过低矮的土墙，再进入另外一个人家的窗户。巷子是瘦长的，门是紧闭的，窗户也关得严严的，风于是只能孤单地在黑夜里穿行，掀掀这家的锅盖，翻翻那家的鸡窝，躺在床上尚未睡着的人，便会听到院子里偶尔一声奇怪的声响，像是有人翻墙

第六章 风雨

而入。但随即声响便消失不见，人等了好久，只听见风在庭院里穿梭来往，将玉米秸吹得扑簌簌响，便放下心来，拉过被子蒙在头上呼呼睡去。

当整个村庄的人都睡了，风还在大街小巷里游荡。那时的风，一定是孤独的。从巷子里钻出的风，遇到从大道上来的风，它们会不会聊些什么呢？聊一聊它们曾经进入的某一户人家里，男人女人在暗夜中发生的争吵，或者老人与孩子低低的哭泣。还有一条瘦弱的老狗，蜷缩在门口的水泥地上，有气无力地喘息。

夜晚的风一定比白天的风更为孤独。它们不再愤怒地撕扯什么，因为没有人会关注这样的表演。于是它们便成了游走在村庄夜色中的梦游者，被梦境牵引着，沿着村庄的街巷，面无表情地游走。

我终于在昏黄的灯下做完了试卷。那时，所有的星星都隐匿了，夜空上只有一轮被风吹瘦了的月亮，细细的，摇摇晃晃地悬挂在村庄的上空，好像瞌睡人的眼睛。月亮看到了什么呢？它一定洞穿了整个村庄的秘密，知道谁家的孩子比我还要用功地半夜苦读；知道哪个被病痛折磨的老人夜夜辗转反侧，无法入眠。它在高高的夜空上，被秋天的风一直吹着，会不会觉得冷呢？没有人会给月亮盖一床棉被，当然，也没有人会给我盖。父母已经沉沉地睡去，临睡前被训斥一顿的弟弟大约在做一个美好的梦，竟然笑了起来。那笑声如此短促，像一滴露珠，倏然从梦中滑落。而要早起到镇上做工的姐姐，也已起了轻微的鼾声。她将被子裹满了全身，不给我留一点进入的缝隙。清幽的月光透过窗户，照在褪色的被子上。一切都是旧的，床、柜子、桌子、椅子、箩筐。一切也都是凉的。

我在上床前，猫在院子的一角，撒睡前最后的一泡尿。风从后背冷飕飕地爬上来，并一次次掀动着我的衣领。我的影子被窗口射出的灯光拉得很长，长到快要落进鸡窝里去了。我怯怯地看着那团灰黑的影子在地上飘来荡去，觉得它好像从我的身体里分离出来，变成暗黑中一个恐怖的鬼魂。风很合时宜地发出一阵阵诡异的呼啸声，树叶也在扑簌簌地响着。忽然间一只鸡惊叫起来，一个黑影倏然从鸡窝旁逃窜。那是一只夜半觅食的黄鼠狼，它大约被我吓住了，很快消失在黑暗中，只剩下同样受了惊吓的一窝鸡，蹲在架子上瑟瑟发抖。我的心咚咚地跳着，趿拉着鞋子迅速地闪进门里，并将黑暗中的一切，都用插销紧紧地插在了门外。

我浑身起了鸡皮疙瘩，也不知是吓的还是冻的。我很快钻入被窝，又下意识地靠近姐姐温热的身体，但朦胧睡梦中的姐姐，却厌烦地踹我一脚，然后翻了一下身继续睡去。我的屁股有些疼，却又不知该向谁倾诉这深夜里的疼痛，只能自己孤独地揉着，而后蒙了头闭眼睡去。

窗外的风，正越过辽阔的大地，包围了整个村庄。

午饭过后，父亲将半袋麦子放在二八自行车后座上。弟弟兴奋地围过来看，又隔着尼龙袋子将麦粒捏得咯吱作响，好像即将去上学的是他，而不是我。

我要去送姐姐！弟弟向父亲请示。

那就送你姐到公路口吧。

我可驮不动你。我抗议道。

那我就跑着！我要跟洋车赛跑！我还要跟风赛跑！弟弟的胸脯高高地挺着，一副自信满满能超越风的样子。

我只好用沉默表达同意。

弟弟立刻化成一股风，将我的书包从房间里提出来，他还装了一个大大的烧饼，于是书包便鼓鼓囊囊的，丑了几分。我看了心烦，将烧饼掏出来，气呼呼地扔回房间里去。弟弟却依旧笑嘻嘻的，看我出来推动车子，他便瞬间飞奔至大门口，又忽然停住脚步，回头注视我推着车子摇摇晃晃地向他走去。

第六章 风雨

　　我想甩掉弟弟，便在走出巷口后，趁他不注意，跳上自行车奋力蹬了起来。风有些大，又是顶风，于是我的计划执行起来便有些吃力。但我却硬起心肠，不打算回头去看弟弟。我只听见他跟在我的车子后，快乐地奔跑着，嘴里还发出"啊啊啊"地喊叫声。风在耳边呼呼地响着，风也一定在奋力向后扯拽着弟弟的双脚。我听见弟弟在呼哧呼哧地喘着粗气，他的脸一定也是红红的吧，我想。我能感觉到他在车后几米的位置，却始终追赶不上。但他越来越近的喘息声，却又告诉我，他一定可以将我追上的。于是我又故意加快了蹬车的速度，但风也跟我较劲一般，把我用力地向后拖拽着。车子摇摇晃晃，半袋麦子眼看也要坠落下来，我有些泄气，恨不能跳下车自己扛起麦子走人，将一堆废铁留给讨人嫌的弟弟。可是我又不想在他面前丢掉最后的颜面，便硬撑着，低头弯腰费力地蹬着车，好像倒霉的骆驼祥子。

　　忽然，车子变得轻了起来，好像生出了翼翅。我几乎想要高声歌唱，并放慢车速，怡然自得地欣赏一下风吹过秋天大地的美，或者深情地嗅一嗅泥土里散发出的成熟谷物的芳香。至于那个总是流着长长鼻涕的脏兮兮的弟弟，我才懒得理他。最好他化作一阵风，从我的面前彻底地消失掉。

　　可是没有，他依然在后面撒欢地奔跑着。只是，他在推着后车架奔跑。我低头，看到他的双脚，小马驹一样欢快地跳跃着，脚上的布鞋照例顶出一个洞来，倔强的大脚趾正笑嘻嘻地探出头来。风包围着他，但他有的是乘风破浪的力量；我觉得身后的弟弟变成了一尾鱼，正在波涛中奋力地向前。风一次次将他推回到岸边，他又一次次执拗地跃入汪洋中。他甚至对这样的游戏乐此不疲，并用大声地呼喊，表达内心的快乐。

　　姐姐，我们一起跟风比赛吧！

　　他并不等我的回复，便跳到车子的前面去了。这次，我看到了他奔跑的样子，瘦瘦的，两条小腿在裤管里荡来荡去，好像那里是两股无形的风。后背与前胸上的衣服，快要贴到一起了。我觉得弟弟又从鱼变成了纤细的纸片人，或者一只柔弱的蝴蝶；一阵小小的风，都能将他从这个村庄里吹走。可他却丝毫没觉出自己的弱小，他的心里涌动着强大的力量，这力量大到不仅仅可以对抗那一刻的风，还能对抗整个的世界。

是的，那一小段路，他追赶的不是我，也不是风，他在追赶他自己，一个被我嫌弃的小小的自己。

他就那样在我的前面跑啊跑，跑啊跑，有那么一刻，我甚至希望这条乡间的小路永远都不要有尽头，就像这个世界上的风，也永无休止一样。我跟着他，奔跑到哪里去呢？我不知道。我也不关心。我只想这样注视着他瘦小的背影，倾听着他清晰的呼哧呼哧的喘息声，就像我们是在一条时光隧道里无休无止地奔跑，而这条隧道的尽头，则是成年之后不复昔日亲密的我们。

风果然在很多年后，将我和弟弟蒲公英一样吹散了。我跟随着风，去往北方以北，那里是所有风的源头，无数支风犹如千军万马，从沙漠、草原、戈壁一起出发，向着无尽的南方奔去。很多个秋天，我站在荒凉的戈壁滩上，看到沙蓬被大风裹挟着漫山遍野地流浪，什么东西将它们拦住，它们就停留下来，将种子播撒在那里。一株沙蓬草，究竟能走多远呢？当它们的双脚，被石块、泥土、沙蒿、柠条或者大树牵绊住，它们的心底浮起的，究竟是宿命一样的悲伤，还是终于寻到归宿的欢喜？有谁会关心一株沙蓬一生颠沛流离的命运呢？它们没有双脚，却借助风，在北方大地上游荡。如果幸运，一株沙蓬会遇到湿润的泥土，生儿育女，繁衍不息；而后将它们的流浪精神完美地复制给后代。于是秋天一来，沙蓬这一大地上的浪漫种族，便跟随着风，开始了一场大规模的迁徙。它们穿过山野、戈壁、荒原，越过黄河、沙漠、村庄。它们一定比一个人漫长的一生，历经过更多的风景。它们看到过一头牛行走

第六章 风雨

在草原，一个人赶着马车孤独前行，一个鸟巢在半空中摇摇欲坠，一株树被雷劈开，死在荒野。它们在风里互相追逐着奔走的时候，一株沙蓬会不会给另外的一株说一会话？或者像我和弟弟，在村庄大道上一前一后地飞驰，互不言语？如果某一天它们走丢了，是不是永远不会再有相见的日期？爬山调里唱，"我是一棵沙蓬草，哪搭挂住哪搭好"。这歌声里，蕴蓄了怎样一种对于命运的顺遂与无奈啊！

当我在蒙古高原上写下这些文字，又想起那个孤独的午后，我和弟弟站在风里看天上的云。风最终将那些形形色色的云全部带走，不留印痕。风也带走了村庄里许多的人，他们或者寂寞地死去，或者沙蓬一样流浪进城市。风最终将一个老去的村庄，丢给了我。

而这时，如果我回到村庄，蹲在墙根下，眯起眼睛，晒晒太阳，我一定又可以听到风的声音。那声音自荒凉的塞外吹来，抵达这堵墙的时候，已经是春天。风暖洋洋的，在我耳边温柔地说着什么。去年的玉米秸，在风里扑簌簌地响着，它们已经响干响干的，一点儿火花，都可以让它们瞬间呼隆呼隆地燃烧起来。空气中有一种甜蜜的、好闻的又热烈的味道，那味道似乎来自遥远的童年，在我还是一个孩子的时候。那时，我依偎在母亲的怀里，小猪一样拱啊拱，拱啊拱，最终，我寻到了世间最幸福的源头——母亲的乳汁。

那一刻，风停下来。

整个世界，都是我的。

雨

雨淅淅沥沥地下着,把人的心,都淋得湿漉漉的。

我坐在屋檐下看书,心却穿过重重的雨幕,飞到天空上去。如果从空中俯视我们的村庄,一定是被水雾氤氲环绕,犹如仙境一样的吧?至于这仙境里,有没有小孩子在哭,或者像我一样,因为周一的学费还没有着落而愁肠百结,那谁知道呢。因为雨,家家户户的哀愁,似乎都变得轻了,不复过去当街打骂的酣畅与决绝。就连人家屋顶上的炊烟,也被雨洗了一般,愈发轻盈、洁净,接近于一种虚无纯净的蓝。

一切都浸润在雨里。一只穿破了打算扔掉的布鞋,在一小片水洼中横着,它恨自己不是船,永远没有办法驶出家门。这是春天的雨,缓慢,抒情,滴滴答答,敲打着这永无绝灭似的虚空。弟弟的玩具线箍,没有来得及捡起,便胡乱地丢在梧桐树下。如果雨一直这样下着,或许它会像井沿边那几根堆放在一起的榆树木头一样,在背阴处悄无声息地长出黑色的木耳。那些木耳总是在人还没有发现的时候,就忽然间一簇簇冒了出来。它们在雨中黑得发亮,好像那些被砍伐掉的榆树,都成了精,生出无数黑色的眼睛。有时,在它们的周围,也会长出一些白色的小蘑菇,鲜嫩可人,湿润润的,采下来洗洗,丢到汤里去,香气很快便溢满了屋子,就连经年的旧墙壁、红砖铺成的地面,也似乎被这雨水滋润过的蘑菇的清香给浸润了;人喝完汤水好久,坐在房间里望着雨惆怅，还会觉得有一朵一朵的蘑菇在雨水中盛开。

蜗牛更不必说了，它们早就在潮湿的泥土里，嗅到了春天的气息。也或许它们还在梦中，就已听到雨水打在窗棂上，发出的滴滴答答的响声。那声音在梦中如此遥远，又那样亲近，一只蜗牛隐匿在这苍茫的雨幕中，睁开眼睛，伸了一个懒腰，才将触角小心翼翼地碰了一下草茎上的雨珠，知道外面已经是温暖的春天，便放心地钻出泥土，朝昔日它们喜欢的树上、墙上或者井沿上爬去。

我和弟弟穿着雨衣，在墙根下观察一只刚刚钻出泥土的蜗牛。这只蛰伏了一整个冬天的蜗牛，被雨水一冲，身体便绸缎一样柔软光亮。当它慢慢向上攀爬的时候，这匹闪烁着金子一样光泽的绸缎，好像有了呼吸。这呼吸如此动人心魄，是大海一样深沉的力量，一股一股地向前，推动着这生机勃勃的力。我着迷于蜗牛身体里蕴蓄的丰沛饱满的热情，注视着它爬过一根腐朽的木头，越过一块滑腻的长满青苔的石头，稍稍喘了喘气，又攀上一株细细的香椿的幼苗，最后在一片叶子上，摇摇晃晃地停了下来。原本有许多雨珠聚集在那片叶子上的，被这只蜗牛占据地盘后，它们便纷纷坠落下来。恰好一只蚂蚁路过，对这场突如其来的"大雨"躲闪不及，只好认栽，在一小片水洼中艰难地游了好久，才挣扎着爬上岸去，气喘吁吁地抖一抖满身的雨水，而后拖着沉重的躯体，消失在某一座干枯的柴草垛下。

等我目送那只蚂蚁离去之后，弟弟已经用小木棍将那只试图安静地蹲踞在香椿树叶上欣赏无边雨幕的蜗牛，拨弄到了地上。

我有些生气，训斥他：再这样，小心半夜鬼来敲门，将你拉去变成一只蜗牛！

弟弟本来笑嘻嘻地想继续玩弄那只缩进壳去的蜗牛的，听我这样一吓，立刻惊恐地呆愣住，并将手里的木棍迅速地丢开，好像小鬼已经冷冷地缠上身来。

这时，雨下得更大了一些，细细密密地，将天地包裹住。我的双脚蹲得有些发麻，便站起身来，想要走到院子的门楼下去。弟弟却哀戚着一张脸，怯怯地望着我。我不理他，啪嗒啪嗒地踩着雨水，走向门口。

几只母鸡也躲在门楼下避雨。它们蹲在地上，安静地注视着雨水顺着青砖的墙壁不停地滑落。这让它们看上去更像是一群哲学家。鸡的眼睛里看到的这个世界，是怎样的呢？跟我一样是静谧又哀愁的吗？我不清楚。我只是学着它们的样子，放低身体，却将视线朝向永无止境的天空，那里正有雨绵绵不绝地落下。

弟弟不知何时也学了母鸡的样子，蹲踞在我的身边。他显然无心欣赏这静美的雨天，而是不停地抬头看我，脸上依旧是怯怯的。我早已忘了那只被他弄翻在地的蜗牛，不关心它最终去了哪里。我更不关心此刻的弟弟在想些什么，我甚至觉得他跟我并肩靠在一起有些多余，也有一份被刻意讨好的厌烦。他的脸上照例脏兮兮的，一粒鼻屎摇摇欲坠地挂在鼻尖上，让他看上去像小丑一样可笑。

我不想搭理他，于是侧过脸去，无聊地数着从巷子口走过的人。

我首先看到一个胖大的女人，穿着黑色肥大的雨靴，戴着破旧的斗篷，挺着圆鼓鼓的肚子，慢吞吞地经过巷口。那是柱子家的女人，她生了一张富贵阔气的脸，走到哪儿都长柱子的面子。她喜欢自言自语，并没有什么人与她在雨天里说话，她却一个人边走边絮叨着什么。已经过去巷口有一段距离了，还听见她的声音，穿过重重的雨幕，鼓荡着我的耳膜。

随后又见裁缝家的男人大旺，提着两只胶鞋，骂骂咧咧地走过。他的大半个身子都湿透了，衣服上满是稀泥，一看就是刚刚倒霉地跌进了一个水坑。大旺用尽世间所有难听的词汇，恶毒地诅咒着这一场雨，好像他今天的好运，全部被这雨给冲走了。我猜想大旺的屁股一定在吱吱啦啦地疼着，他的脚也大约崴了，于是走路的时候便一瘸一拐，惹得旁

第六章 风雨

边的一条狗都忍不住驻足,悲悯地注视着他。

邻居胖婶恰好走出巷子,看到大旺滑稽的样子,她红润润的大胖脸上即刻荡起一圈开心的涟漪,笑嘻嘻朝巷口喊:哎,大旺,小心回家阿秀嫂给你缝衣服时一针戳到屁股上!

大仓家的女人很斯文,她打伞站在街口,听了这话,竟是有些害羞起来,好像这话跟她有什么关系似的。大旺瞥见好看的大仓女人,本来想放肆地笑骂几句胖婶的,却将那些损人的笑话,全都憋在了心里,只从喉咙里咕哝出一句不痛不痒的话来:这鬼雨,真不知要下到什么时候!

胖婶没有得到期待中的回复,便有些无聊,仰头看了一会灰蒙蒙的天空,踩着漏气的雨靴,扑哧扑哧地朝田里走去。

我的脖子扭得有些酸了,一回头,见弟弟还可怜兮兮地看着我,那一粒鼻屎被他油光可鉴的袖子擦到了下巴上。我被他看得有些发毛,又厌烦他这条跟屁虫,忍不住瞪眼道:你蹲在这里干吗?快回屋里待着去!

房间里静悄悄的。母亲正在睡觉,父亲在编着菜筐,除了挂钟嘀嗒嘀嗒的响声在提醒着时间的流逝,一切都好像在雨声里静止住了。我知道弟弟和我一样不喜欢父亲编筐的时候在房间里待着,怕一不留神,扫过桌椅的柳条忽然间没长眼睛,抽到自己的屁股上去。那滋味可比大旺摔进水沟时疼得多,保证能留下一条长长的红肿的印痕,十天半个月也别想消去。

但我却只想一个人在门楼下待着,安静地听一听雨声,想一想从父母手里讨要不到学费的话,明天去学校,该怎么在众目睽睽之下,跟老师开口解释拖延上缴的理由。于是我看弟弟便百般地不顺眼,想要甩掉脚上一块软塌塌的泥巴一样,一脸怒气地将他远远地甩开去。

弟弟却粘住了我似的,跟我靠得更近了一些。在连吃了我几个白眼之后，他终于哀哀地开了口：姐姐，那只蜗牛，爬到墙上去了，是我帮它爬上去的……

我早已忘了那只可怜的蜗牛，也并不关心这样一个雨天，它究竟会爬去哪儿。一只蜗牛的命运，与我对学费的焦虑相比，是那么不值一提。甚至，即便弟弟一不小心将它踩死在雨天里，我也不过是蹙一下眉，继续去想自己的心事吧。

一只蜗牛终归是一只蜗牛罢了。

我想远远地躲开弟弟，不搭理他的任何讨好。可是在这密密雨幕包裹住的天地里，我却无处可去。像那些男人女人们一样，跑到田地里看一眼麦子长势如何吗？我根本就不关心正在拔节中的尚无法换来学费的麦子。或者去苹果园里看一看白色的花朵，有没有被雨水打落在地？即便是一夜风雨将它们全部扫荡，那跟我又有什么关系呢？

眼前的这个雨天，因为明天学费的烦恼，再无最初时那样美好动人。

雨到黄昏的时候，不但没有停下的意思，反而更大了一些。整个世界，似乎都被斜飞的雨雾笼罩住了。

倚在卧室门口的我，看着即将编完菜筐的父亲和开始收拾锅灶做饭的母亲，终于鼓足勇气开了口：爹，娘，我们老师说，星期一必须把学费交上……

什么？必须？哪有什么必须的事！就说家里没借到钱，过段时间再说！

父亲边说边用力地将镰刀砸在最后一根柳条上，那根粗壮的柳条，立刻像楔子砸进了卯里，结实地嵌入柳筐。

我的眼泪哗一下涌了出来。但更多的泪水，则如隐匿的江河，在心底翻滚、动荡，想要寻到一个出口喷涌而出，却惧怕出口处有父亲的柳条，毫不留情地抽打过来。于是我将所有的呜咽，化成无声的隐秘的哭

第六章　风雨

泣。我低着头，看着湿漉漉的球鞋，我想要躲开父母，却因为不知接下来会发生怎样的恐慌，而定在原地，挪不动脚。

在雨里找蜗牛的弟弟，抖着一身的雨水，啊啊大叫着跑了进来。他一定想要给家人分享他最新的发现，比如一条蚯蚓爬出地面，一条毛毛虫啪嗒一声落在他的脚上，但他却敏感地嗅到了房间里正在发酵的阴郁。他于是立刻化成一团空气，逃进卧室里去。与我擦肩而过的时候，他斜侧着身，试图将自己缩小成一根毫毛，以便可以不碰触到我，并将我的眼泪晃落一地。但隔着1厘米的距离，我还是感觉到他冰凉的手臂和潮湿的裤管。我忽然有些怀念蹲在门楼底下、凄凄哀哀地看着我、希望我能搭理他、给他说一句什么的弟弟。我又因为这样的怀念，而怨恨此刻叛徒一样只顾自我安危的他。

下一秒，将会有怎样的惊雷炸响呢？我战战兢兢地等着，却又希望什么也不要发生，就像骗人的电视剧里演的，父亲挨家挨户地求人借到学费，母亲则做了好吃的饭菜，为即将住校一周的我送行。

雨下得越发大了，隐隐地有雷声自远处传来。房间里暗了下来，却没有人起身将灯打开。我听到雷声翻滚着、咆哮着、千军万马似的，朝庭院里奔涌而来。我心底的恐惧，愈发深了。我想起无数个雨夜，雷声在屋顶上炸响，一道刺眼的光，将黑暗中的一切照亮，犹如白昼。我还想起很久以前，村里的一个老头，就被雷劈死在雨夜之中。那个老头一定在某个雨夜里，害死过人吧。人们都这样说。

在我试图抵御更多关于雷声的恐怖联想时，弟弟忽然从卧室里走出来，小心翼翼地挪到母亲身边。

我听见他小声地向母亲撒娇：娘，我饿了……

若在往常，母亲一定会笑骂他几句"饿死鬼"，并找出一点吃的，将他打发掉。可是那一刻，在全家人压抑的沉默中，母亲忽然将切面条的菜刀一把剁在案板上，而后大声吼道：要钱的要钱，讨吃的讨吃，一个个全是没本事挣不到钱的废物!

一切都被这句话点燃,引爆。

父亲将编好的菜筐暴怒地扔到庭院里去。他还疯狂地扔别的东西,斧子,镰刀,剪子,椅子,鞋子,好像这些东西都像母亲一样,在阴森森地嘲笑他没有本事,又挣不到钱。昏暗的光线中,我看到青筋在父亲的脸上一条条暴突着。那是一些随时会飞下来,缠绕在脖颈上,让人窒息而死的毒蛇。在不知道毒蛇会将谁击中以前,我如一片秋天的树叶,瑟瑟发抖。我想要躲藏起来,却发现除了站在原地,无处可去。整个世界都被风雨雷电笼罩住了,村庄成为巨大的牢笼,而我,不过是一只仓皇逃窜的老鼠。

母亲天生没有安全感,她生下来似乎就是为了喋喋不休地唠叨与抱怨。她嫁给了父亲,又在风雨之夜相继生下三个胆小无助的孩子,她对于生活不息的热望与渴求,被困顿的生活一日日削减,到最后,她只剩下暴躁与绝望。

父亲和母亲在吵架上,真是天生的一对。炸响的雷声,将他们变成斗牛场上两头急红了眼的公牛。在父亲挑衅地迈出暴力的第一步后,母亲也不甘示弱,将擀面杖朝着父亲准确地砸过来。父亲一侧身,擀面杖"嘭"一声落在对面的墙壁上,并将镜子哗啦一声砸碎在地。镜子里立刻映出无数个斗志昂扬的公牛,他们像千年的仇人,凶残地厮杀着,疯狂地啃咬着。父亲抓住了母亲的头发,母亲则咬住了父亲的胳膊。他们的双脚还互相狠踹着对方,嘴里同时发出污言秽语,为这场战争助威。

弟弟躲在我的后面,嘤嘤地哭泣。我顾不上他,事实上我也已经吓傻了。在危险尚未改换方向击中我和弟弟之前,我于划破屋顶的惊雷中,看到父母扭打在一起的样子,还能产生滑稽的联想,觉得他们像凶狠地撕咬着的两条野狗。

我正在为自己的联想感到解气时,我的脸上,忽然被父亲操起的一根柳条，给抽中了。

我在那个瞬间有些晕眩，我觉得自己跟一个被父亲扔进雨里的破鞋没有什么区别，生下来的职责，就是供父亲暴力摔打虐待的。我在尚未通过高考逃出村庄以前，我得忍着，紧咬了牙关屈辱地忍着。

我竟然还能头脑清晰地想到更多一些，比如明天我还要不要厚着脸皮上学？没有讨到学费被同学嘲笑、老师同情也就罢了，更重要的是，脸上这道屈辱的疤痕，该如何向人解释？

我想我应该打开电灯，让父母在灯光下酣畅淋漓地打仗，这样他们就能看清彼此杀气腾腾的样子，也包括，看清留在我脸上的战果。

不过我很快意识到，这战果是多么不值一提。受了惊吓的弟弟，忽然放声大哭起来，他还很不识趣地从我身后跑了出来，带着一种试图以哭声震慑住父母的盲目自信。可惜，他高估了自己。父亲被弟弟尖锐的哭声弄得没了吵架的激情，于是大踏步走过来，用鹰爪一把提溜起弟弟的衣领，丢出门外。

死鱼一样被扔进雨中的弟弟，终于在一道劈下的闪电中，瞬间停止了哭泣。

父亲和母亲厮打到最后，都挂了彩。但因为下雨，招徕不了观众，便觉得无趣，也就偃旗息鼓。那些被扔掉的盆盆罐罐、镰刀、擀面杖，因为碍着面子，要冷硬到底，于是谁都不愿意收拾残局，两个人一南一北地躺倒在同一张床上，又恨恨地互踹一脚屁股，这才骂骂咧咧地背对着背睡去。

房间里瞬间安静下来。我坐在自己卧室的窗前，于漆黑中静静听着院子里雨点打在搪瓷盆子上发出的叮叮当当的声响。雨明显慢了下来，好像它们也跟雷电大战了一场，疲惫不堪，想要睡去。起初，它们打在盆沿上，是啪啪啪啪的快速声响。后来，它们气息变得匀速，便成了温柔的小夜曲。接着，它们厌倦了，有一声没一声地滴落在浓墨一样的夜色里,又很快地消失掉。最后,它们终于与无边的夜色交融在一起。

想到明天需要向同学解释脸上的伤痕,我便无法入睡。一阵风吹过,窗前的梧桐树上,有雨纷纷落下。那雨落在深夜,听上去有些森然;似乎有千万只脚,正悄无声息地穿过铺满潮湿树叶的小路。那些脚要去往哪里呢,它们在静夜里,要走多远,才肯停歇下来?它们踏遍整个雨夜中的村庄,是不是要去寻找另外的一只走丢了的脚?一只脚如果被另外一只脚踩到,会不会疼得尖叫起来,然后又忽然怕打扰了一整个村庄的睡眠,于是跟被扔进泥水里的弟弟一样,戛然而止?

所有人都忘记了弟弟的存在。

我不知道他究竟是怎么从一摊泥里羞耻地爬起来,又巧妙地躲过凶猛的父亲,隐匿在某个无人发现的角落,一直等到雨停下来,他才从坚硬的壳里探出头来,蠕动到我的身后,而后幽幽地唤我:姐姐……

我吓了一跳,回头看见是他,心里升起一阵烦厌,本想吼他一句,又怕惊动父母卷土重来,便只好压低了嗓门呵斥道:不去睡觉,跑这里来干什么?!

姐姐……他嗫嚅着,声音里满是恐惧。

我心烦意乱:快说,你到底想干什么?!

姐姐……半夜小鬼会不会来敲门,真的……把我变成一只蜗牛?

我想骂他神经病,哪儿来的这些胡思乱想,忽然间听到窗外有雨哗啦啦地从梧桐树叶上飞旋而下,我就在那时想起白天我和他穿着雨衣,蹲在墙根下,观看一只蜗牛爬上香椿树叶时我对他的惊吓。

他竟然在雨中打了一个滚后,还没有忘记我施的咒语。

如果我很快乐,我会对弟弟说:傻小子,哪有的事,姐姐在逗你玩呢!

如果我很平静,我会敷衍他说:你这么无趣,鬼才懒得搭理你!

偏偏,我正在不知明天如何上学的羞耻中,于是我恶狠狠地诅咒他

第六章　风雨

说：当然会来敲门！当然会将你变成蜗牛！而且，是一只丑陋的没有壳的蜗牛！

当我说完这句，我发现内心涌起邪恶的快乐与复仇的快感。我注视着一脸恐惧的弟弟，想到明天可以朝老师同学撒谎，脸上的伤痕来自弟弟无意中的碰撞，我终于开心地笑了起来。

那一晚，我睡得很沉，跟一头长眠的猪一样，以永久地从这个世界消失掉的虚空，沉沉地睡去。至于可怜的被所有人忘记的弟弟，跟我有什么关系呢？

第二天起床后，没有人再提及昨天的事故。院子里已经收拾干净，不过也或许，那些凌乱的被父亲扔掉的家具物什，是由一个小鬼悄无声息地给收拢到原位的。否则，以父亲的嚣张和母亲的霸道，在握手言和之前，谁也不会主动低头。

雨并没有完全地停下，抬头，会有蒙蒙细雨飘在脸上。但这样的雨，对于乡下人来说，完全可以忽略不计。我知道再提及学费，是一件愚蠢的事。只要关于伤痕的谎言，能够骗过所有同学，他们嘲讽我最后一个上缴学费，又有什么关系呢？脸面终究比金钱更为重要。

每次家庭大战，都至少会持续一个星期的冷战。所以我并不指望出门前，会有谁来嘘寒问暖。我很自觉地翻出一个冷硬的馒头，又切了一块咸菜疙瘩，便坐在马扎上，就着一杯温暾的白开水，缩着手脚，不声不响地将馒头吞进肚子里。我听见院子里一只鸡跳上锅台，并将锅盖哐当一声弄翻在地。锅盖落在水泥台上，发出空洞虚弱的声响，好像那锅盖也饿瘦了，没有力气在半空里挣扎。那只鸡一定没有寻到吃食，对着张开大嘴的锅呆愣了片刻，便跳了下去。落在地上的锅盖，自然也为这只纵身一跃的鸡，又来了一声空荡的伴奏。

我吃得有些快，于是很没出息地打起嗝来。我一边打，一边想着离开后父母静坐"绝食"，谁也不肯下厨做饭的样子，忍不住笑了起来。

不过我很快将另外一半笑声给强行塞回了肚子里。因为我隔着房门,看到刚刚从房里出来的母亲,恶狠狠地朝我看过来。

我还是尽快躲到学校里去吧,那里才是温暖又安全的角落。我擦掉嘴边一块黑色的咸菜渣,想。

推着自行车出门的时候,一只刚刚下完蛋的母鸡,用响亮的咯咯哒的报喜声,欢送我的离去。我披了窸窣作响的塑料雨衣,走到庭院门口时忍不住看了一眼那棵低矮的香椿树苗,那里空荡荡的,只有细细的雨,在静默无声地飘落。那只将弟弟吓住的蜗牛呢?会不会真的变成了鬼,并在夜里出没?

我还瞥见水井旁堆积的榆树木头上,已经长出了密密的一丛木耳,将它们用热水焯一下,酱油里拌一拌,一定无比美味吧。我咽了一口唾液,无限神往地想。

我唯独没有瞥见弟弟。

我不知道他躲在什么地方,昨晚有没有睡好,我离开以后的时间里,他一个人该怎样跟这寂寥的雨天和无边无沿的冷战对抗。

我推着车子,慢吞吞地走在巷子里。我忽然有些不想离开这条巷子,我希望它会像童话里那样,无限地延伸下去,永远不会与村庄的大道相接。我不知道我在等待什么,但我却清楚内心的期待。

一百多米的巷子,还是走到了头。就在我准备跨上车子离去的时候,弟弟忽然从拐角处冲出来,站在了我的面前。

他的脸上明显是一夜未眠的困倦,但他却努力地打起精神,犹豫着叫我:姐姐……

我的心,陡然又冷硬起来。

还不快回家,站在雨里做什么?!

他低低"哦"了一声,却并没有离去的意思。

我不想理他,推车绕过,车轮差一点儿轧到他的左脚。那只脚蜷缩

第六章　风雨

在一只顶破了的黑色绒面的布鞋里，卑微地擦过满是泥水的车轮。

跨上车子的时候，我用余光瞥了一眼身后的弟弟，他依然站在那里，带着胆怯和满腹无处可以倾诉的心事。

车子已经驶出几米了，我终于回头，冲弟弟喊：笨蛋，小鬼不会把你拉去变成蜗牛的……

我不知道弟弟有没有听到，那时他已经转了身，飞奔回了巷子。

我听见雨，细细的雨，落在大地上的声音。那声音犹如万千生长中的蚕，伏在广袤苍茫的田野里，啃噬着桑叶，没有休止，也永无绝灭……

雪

雪没完没了地下,一场接着一场。好像这个冬天,雪对于大地的思念,从未有过休止。

大道上人烟稀少。似乎一场大雪过后,村子里的人全都消失掉了。空中弥漫着清冷的气息,一切都被冰封在了厚厚的雪中,连同昔日那些吵吵闹闹的男人女人。阳光静静地洒在屋顶上,光秃的树杈上,瑟瑟发抖的玉米秸上,低矮的土墙上,再或灰色的窗台上。因为有雪,这些灰扑扑的事物,便看上去闪烁着晶莹的光泽。于是村庄便不再是过去鸡飞狗跳的样子,转而覆上一层童话般的梦幻。走在路上的人,都是小心翼翼的,似乎雪的下面,藏着另外一个神秘的世界。有时候人打开门,看到满院子的雪,会有些犹豫,要不要踏上去,将这画一样的庭院,给破坏掉。

母亲总是深深地吸一口气,发一会儿呆,这才咯吱咯吱地踩着这世上最干净的雪,给冻了一宿的鸡鸭牛羊们喂食。父亲在天井里说话的声音,也变得轻了。似乎像夏天那样扯开大嗓门训斥我们兄妹三个,是一件不合时宜的事。鸡变得懒惰起来,知道院子里什么也寻找不到,便蜷缩在鸡窝的一角,安静注视着这一片洁白的天地。

整个村庄于是封存在静寂之中。隔着结了冰花的玻璃,朝窗外看的每一个人,眼睛里都充满了孩子一样的好奇,似乎这个村庄不再是昔日他们习以为常的热气腾腾的居所。那些爱闲言碎语的人，也变得温情脉脉起来。房间里熊熊燃烧着的火炉周围，是一家老小。知道这时候吵架，没有多少人围观，男人女人们也就偃旗息鼓，将所有的烦恼都化作一块块乌黑发亮的煤，投进轰隆作响的炉膛里。那里正有一辆漫长的火车，从地心深处咣当咣当驶来。它发出的声音，在寂静的夜里如此巨大无边，以至于依然在困顿的生活中受着煎熬的人们，手烤在红通通的火焰上，忽然间就忘记了这个世间所有的苦痛。

昆虫全都蛰伏在泥土里。厚厚的积雪覆盖着泥土，这个时候如果谁能将整个大地用巨大的斧凿挖开，一定会看到密密麻麻的昆虫，比如蚂蚁、蟋蟀、蚱蜢、蜈蚣等等，它们全都沉寂在深深的睡梦中，没有什么力量能够将它们唤醒。它们犹如死亡般的身体里，依然积蓄着生存的浩荡的力量。除了春天，没有什么能够打扰一只虫子的冬眠。它们隐匿在这场弥漫了一整个冬天的大雪之中，不关心人类的一切。

被人类遗忘掉的，还有农田、庄稼、果园。如果没有炊烟从高高的屋顶上方的烟囱里徐徐地飘出，大雪中的村庄，就是一个被世界封存的角落。人类蜷缩在棉被里，犹如昆虫蜷缩在泥土中。最好，这一觉睡去，一直到春天才会苏醒。可是，这只能是人类的理想。袅袅飘出的炊烟，将村庄的日常琐碎缓缓揭开了一角。一切都像瓦片上因为热气而融化的雪，沿着房檐滴答滴答地落下。而那些缓慢的、没有来得及落下的，便成为透明的冰溜，整齐地挂在屋檐下，给仰头看它的孩子，平添一份单纯的喜乐。

最初的时候，雪每天都安安静静地飘着。人们穿着棉袄，在雪里慢慢走着，并不觉得雪落在脸上或者钻入领子里有多么凉。脚下咯吱咯吱的响声，听起来倒像是傍晚寺庙里的钟声，一下一下地，将人的思绪拉得很远。小孩子在斜坡上嗖嗖地滑着玩，倒地时屁股摔得嘶嘶地疼，都不觉得有什么。揉一揉红肿的手心，继续吸着长长的鼻涕虫，乐此不疲地上上下下。女人们到人家去串门，走到门口，总是很有礼貌地跺一跺脚上的雪，这才漾着一脸笑，推开被炉火烤得暖烘烘的厚重的门，向人寒暄问好。

但腊月一到，雪再飘起来，就带了一把把锋利的刀片，于是小孩子细皮嫩肉的手，就成了冻萝卜，还是红心的。脸蛋自然也抹了胭脂一样红通通的。一觉醒来，露在棉被外面的耳朵，常常也冻得胖大了一圈。这时女人们再让小孩子去庭院里跑跑腿，做点诸如喂鸡喂鸭的活计，他们没准就哼唧起来。当然，哼唧完了还是该干的就干，否则爹娘一个铁板烧过来，不比雪刀子差上多少。

这时的老人们，喘息声也缓慢下来。似乎那些气息，都留在了秋天收割完毕的田地里，并跟着麦子和蚯蚓一起，被这一场场没完没了的雪，埋在了冰封的地下。于是他们便借着仅剩一半的气力，苟延残喘着，一日日挨着不知何时会有终结的雪天。

在冬天，老人们常常觉得自己是多余的。大部分时间，一家人都集聚在房间内，剥玉米，编条货，打牌，说闲言碎语，或者烤着一块又一块的碳，听着评书打发漫长无边的时日。老人们碍手碍脚地在房间里走来走去，什么也做不了，听着呼哧呼哧的粗重的喘息声，自己也觉得心烦、不吉利，便知趣地回到阴冷的小黑屋里，躲在两层棉被底下，瑟瑟缩缩地回忆着那些陈年旧事。也只有谁家的媳妇来串门了，礼节性地给长辈问个好，他们才堆上一脸的笑，"哎哎"地应着来人的问话，又任其打量一下自己蜡黄的脸上死人一样的气色。

没有人说什么，女人们离开暗黑的偏房，继续跟这一家的主妇谈论家常。当然，出门前总会说一句吉祥的话：您老看上去气色还不错嘛！裹在厚重棉袄和棉被里的老人，听完一句话也没有。

年已经不远了，于是人们说话便专挑吉利的字眼，谁也不会轻易吐出与死有关的词来。可是，老人自己却预感到死神正穿越风雪，一天一

第六章 风雨

天逼近。

每年风雪大起来的腊月，村里总有一两个老人熬不过寒冬；即便以一种给儿女装面子的好强硬撑着，也还是没有熬过去。在杀猪宰羊过大年的欢庆声中，那一两个老人的儿女们，便一脸羞愧地找人商量置办丧事。于是天一阴下来，女人们烤着炉火，看着粉皮在铁篦子上滋滋拉拉地蓬松着，总要叹一口气，说，不知今年又赶上谁家办事。

这一年的腊月，母亲说了两三次，张家奶奶怕是熬不过这个冬天了。张家奶奶是母亲从赤脚医生转行学习接生时的师傅。按照辈分，我要叫她老奶奶。因为有这层关系，逢年过节，母亲都要带上我去给张家奶奶磕头拜寿。张家奶奶似乎永远都不会老，总是穿一身喜庆的红，端端正正地坐在太师椅上，接受我和母亲的拜贺。因为辈分大，又接生了村里大部分孩子，所以他们家便总是人来人往，很是热闹。每年去磕头，地上的蒲团都好像薄了一层。又因天冷潮湿，蒲团跪下去，便总是潮乎乎的。我因此抗拒，不想去。虽然张家奶奶总有几颗大白兔奶糖给我留着，可我还是怕她仅存的那几颗牙，它们站在她笑嘻嘻的嘴巴边上，漏着嗖嗖的风，那风是外面的雪天里吹过来的，又冷又凉，还有阴森森的鬼气。

对，我就是怕张家奶奶身上弥漫着的鬼气，才抗拒母亲每年都为了礼节，生拉硬拽上我，去给她拜寿。我从蒲团上抬起头来，仰望一脸威严的张家奶奶时，她脑袋上的挂钟还会冷不丁来上一响。那是半点的钟声，我却总会被吓上一跳，似乎有什么人催促着我，揪扯着我，前往某个比风雪天还要让我惧怕的地方。

人们都在房间里说着贺寿的话。过年的对联上也写着寿比南山不老松，福如东海长流水。村里倒是有一棵槐树，比任何活在世上的人，都要年老。人们路过的时候，总是怀着惧怕和敬畏。谁家出了不吉利的事，或者赶上倒霉年月，都要去祭拜一下，好像那棵槐树能够帮他们免灾，或者是槐树本身给他们带来了烦恼，需要求它发发善心。人们对带着几颗稀疏牙齿一年年活下去的张家奶奶，也是这样的惧怕和敬畏吧。怎么说，全村大部分孩子，甚至包括孩子的爹娘，都是经由她一双枯朽的手，来到这个世间的。尽管来到之后，有一半人在困顿中艰难地熬着，熬到墙头坍塌了一半，还是没有熬上好日子。还有那么几个更倒霉的，张家奶奶也引以为耻，半辈子连老婆都没有娶上。可是，这又有什么呢？哪个村子里的人，不是一天天在风雪地里走着，也不知会不会走到一个有温暖火炉的房间里去；可是，终归还在走着，还在呼哧呼哧地喘着这世上仅存的半口气。

雪来了一场又一场，张家奶奶家的窗户，都快被堵严了。人从外面大道上路过，想瞥一眼张家堂屋里，又有谁来拜寿了，却什么也看不清楚。大雪以想要从村庄里带走什么的气势，漫天地飞舞。张家奶奶板着一张脸，接受着一个又一个晚辈的祝贺。间或，她枯瘦的身体会剧烈地咳嗽起来，她于是背转过身，用手捂着皱缩的嘴，压抑着全身的颤抖。那口浓稠的痰，到底是吐出来了，可是，上面沾满了黑色的血迹。张家奶奶的儿女都吓坏了，赶着上来递水送茶。跪在蒲团上的人，尴尬地挺着一张脸，不知道该继续跪下去，还是起来送几句安慰。张家奶奶却淡淡一笑：一口命而已，有什么好担心的？这辈子，我在大雪天里，送走了多少人的命？

一屋子的人都讪讪地，不知道该说些什么。风夹着雪花，从门缝里嗖嗖地钻进来。

张家奶奶这一辈子，帮我们村里的女人们，堕掉了多少尚未出生的婴儿呢，大约连她自己都记不清了。那些大雪纷飞的夜晚，她颠着小脚，一个人走在路上，想着刚刚堕掉的那个胎儿，它已经有了人的小巧的模样，却尚未睁开眼睛，就被她无情地从子宫里刮掉，连一件衣服也没有穿，便丢进了坑里，并被冷硬的泥土覆盖，继而消失在大雪之中。

第六章 风雨

张家奶奶这样想着的时候,一定有过惧怕吧?那么多的孩子,如果他们都活在这个世上,也已经娶妻生子、儿孙满堂地前来给她拜寿了;可惜他们命薄,一个个都只能在她的梦中飘来飘去。到如今,她在人间所有的气力,也已经耗尽,跟那些婴儿一样,即将前往另外一个世界。

或许,在我们的村庄里,也只有张家奶奶不惧怕前往另外一个世界。她掌管着全村人的生,也决定着尚未来到人间的婴儿的死。她的脸上,永远是一副生死不惧的表情,似乎她早就明白躺在棺材里,跟而今躺在床上一样,不过是换了一个地方睡去。所以她才气定神闲又略带不屑地对跪着的子孙们说:一口命而已,有什么好担心的?

张家奶奶的这口命,在这个冬天却不是那么硬了。每个前去拜寿的人都这样说。

只是千万别死在大年夜里,到时候谁愿意去挖坟埋了她,多不吉利?豆苗娘这样不咸不淡地吐出一句。

豆苗娘接连生了5个孩子,都是女儿,最后被村里强行拉去结扎,她才善罢甘休。但她却将这口生不了儿子的气,算在了张家奶奶的头上。好像那些经由张家奶奶的手生下的女儿们,全是她半路使了坏,将她们传宗接代的儿子,给换了去。她每次都是在春天里种下一棵芽,又在深冬收获一株草。张家奶奶也厌烦了她,若不是她阵痛的声音,隔着几条街都能听得见,她宁可充耳不闻,也不想前去接生。她似乎算准了豆苗娘这辈子没有生儿子的命,所以每次去都是冷着脸、蹙着眉。也只有下一场大雪,会让她心情好一些,并在接生完回到家后,一个人对窗喝一小杯白酒,才对着窗外的大雪,长长地舒一口气。

那时,全村人都笼罩在一股热烈的过年的气氛中。人们忙着杀猪宰羊,裁剪新衣,置办年货。大道上的雪,便因此凌乱起来,满是歪七扭八的脚印。男人女人们像忙一件天底下最重要的事情一样,在认真地忙着年。就连我小孩子,也在街巷中奔跑着瞎忙,似乎,奔跑也是年的一个部分。

唯有老人们，缩在房间或者被窝里，哆哆嗦嗦地于大雪天中熬着这个不知道是否能够熬过去的年。他们害怕雪天，似乎雪是漫天铺开的孝布，有着不祥的征兆。雪埋葬了整个大地，也将他们对于春天的希望给埋葬掉。子孙们在雪天里是欣喜的，眼看着明年又是一场丰收。他们却怕，怕死在这一场素白之中。死也就死了，不外乎是一条命，但死在年关，却着实让人懊恼，一辈子的明事理都毁在这口气上。不管这个老人昔日怎么得人尊重，不懂得挑个好时节咽气，不仅老人自己觉得愧疚，做儿女的也连带觉得丧气。

而掌管着全村人生的张家奶奶，却无法掌控自己的死。每个前去走访的人，回来都要在自己家里絮叨一阵，怕是张家奶奶熬不过这个年了。说着说着，自然就扯到在这大雪天里，如何置办丧事，如何参加丧礼，如何避开这股丧气。与张家奶奶近亲的自然唉声叹气，说这个年是过不好了，怕是这一年都冲不走这股子晦气。不是近亲的，就替近亲们着急，不知道这个年如何才能过得去，好像年很长很长，要在大雪天里无休无止地走很久一样。大人们的愁事总是漫长无边，我们小孩子倒是不愁，况且死是什么，我们也不太明白，觉得人死了，跟猫死、狗死、鸡鸭死似乎没有什么不同。唯一不同的，就是人死了会很热闹，全村人都会去看，也会参与其中，好像我们每个人都跟这个死去的人，有着非同寻常的关系一样。但谁也没有我们小孩子喜欢丧事，因为可以抢着将花圈送到坟地里去，从主人家挣上5毛零花钱。这可比喜事里吃一块糖开心多了，况且5毛钱能买多少糖块啊！那简直是我们自己开的一个小金库，不，是小金矿！可是，如果赶上大雪天，又是可以讨得到压岁钱的过年时节，这花圈我们就老不情愿去抢着抬了。想想吧，为了那5毛钱，可能要丢掉5块、10块压岁钱，这代价着实有点大。于是心里就跟大人们一样，有些埋怨那个死在年节的人，真不会挑时候，真没有眼

第六章 风雨

色，怎么就不能再耐心等等，到了开春再闭眼呢？

张家奶奶就是在这样儿女、亲戚、村里人的冷飕飕的抱怨声中，眼睁睁看着死亡一点点在大雪天里逼近她的床边。张家奶奶一定知道自己的这口命，是要在大年夜离开的。她也一定硬挺着，想要熬过除夕那一天。她不能死在大年夜里，死在喜庆的鞭炮声中，那样全村人都会怨恨她。于是她在人来拜访时，一定要挣扎着坐起，而且穿得干干净净的，连头发也梳得一丝不乱，似乎，她依然是那个掌管着我们出生的威严的使者，谁若是不敬，她就能将这个人重新送进娘胎里回炉改造。我们是什么样子的，只有她有发言权。可不，那些光溜溜来到世间的村里人，谁敢在张家奶奶面前炫耀自己？谁炫耀都会招来她的鄙夷一笑。当然，张家奶奶的笑从来都不鄙夷，她的笑永远都是淡淡的、平静的、慈悲的，跟庙里菩萨脸上的表情一模一样。除了乖乖地跪在蒲团上磕个响头，道一声"您老人家福如东海，寿比南山"，谁敢在这样的表情面前，造次放肆呢？而拥有这样高位的张家奶奶，又怎么能用死亡给自己高洁的一生，染上一点污渍？

她不敢。所以她一定要挺过大雪纷飞的除夕之夜，要听见钟声在12点敲响，要看见全村的饺子都扑通扑通热烈地跳进沸腾的锅里，快乐地翻滚。

可是，老天爷偏偏不让张家奶奶如愿。除夕那天，村子里灯火通明，一家一家较劲似的炸响着鞭炮。但在12点的钟声尚未敲响之前，这样的鞭炮声不过是预热罢了。我们小孩子在巷子里跑来跑去，男孩在大道上比赛谁的"窜天猴"蹿得最高，女孩则争抢着看谁的"烟花棒"在夜晚最亮。"摔炮"也有趣，撞到对面墙上，便清脆地炸响。张家奶奶的院子位于村子的中央，于是她家的砖墙上，便满是摔炮的痕迹。就连沿墙根的雪地里，也插满了燃放完后的"窜天猴"，一根一根，像香台上的香，静默无声地瞪视着夜空。

同龄的根柱放得最欢实,他胆子大,敢把鞭炮拿在手里,点燃了捻子后还故意等捻子快要燃完了,才得意洋洋地扔出去,并在炸响的那一刻,享受来自同伴的欢呼。他起初专往雪地里扔的,后来不知怎么的,想要恶作剧,扔到人家院子里去。他第一个扔的是来福家,来福老实巴交,只在家闷头学习,大年夜也不例外。来福叔叔痴傻,奶奶年迈,来福爹又好脾气,所以一个响鞭扔进去,院子里除了来福爹吓得"哎哟"一声就没了别的动静。根柱于是在我们的叫好声中愈发得意起来,小响鞭一个紧挨着一个扔进人家的院子里,猪圈里,再或屋顶上。扔到兴头上,他两个鞭炮同时甩进了右手边的院子里,那里住着的是费了九牛二虎之力,才将根柱从娘肚子里拽出来的张家奶奶。

　　鞭炮炸响之后,院子里紧跟着响起的,既不是张家奶奶骂人的大嗓门,也不是张家子孙的惊吓声,而是一声响亮的哭声。那哭声在雪夜中格外地凌乱,好像一挂乱了阵法的鞭炮,忽高忽低地在半空里炸响,一会儿悠长,一会儿急促,忙乱不休。这完全在根柱的意料之外。我们起初也都以为鞭炮落到了张家人的脑袋上挂了花,心里为根柱一阵紧张。但随后哭声大了起来,而且没有休止的意思,一群孩子便慌了神,纷纷收拾炮仗跑回了家。根柱当然也乱了阵法,将手里的鞭炮朝雪窝里一扔,便踏着我们的脚印朝家狂奔。

　　母亲正围着炉子炖菜,看见我气喘吁吁回来,便张口训斥:大过年的,跑这么慌干吗?还少了你一口饺子?

　　我呼哧呼哧哧地喘着气,过了好大一会,才结结巴巴地说:娘,根柱……把……张家奶奶全家……炸得……哭起来了……哭个不停……

　　啥?!母亲瞪眼看着我,她的脸上,起初是迷惑,继而是震惊。

　　你这孩子,大过年的,胡说八道什么?!

　　我有些委屈:他们全家……真的……哭起来了……不信你去听听……

　　母亲果真打开房门,侧耳倾听。可是,她听到的,是12点的闹钟

第六章 风雨

一下一下地响起来，继而震耳欲聋的鞭炮声包围了整个天地。

村庄在夜色中震颤了一下，而后便消失在纷纷扬扬的大雪之中。

还不去下饺子啊！从门外点燃鞭炮跑进来的父亲，朝母亲大喊。

母亲呆立在将整个世界都包裹住的一片莹白中，一句话也没有说。满天炸响的烟花，照亮了她苍白的脸，我看到一滴饱满的眼泪，从她的眼角倏然滑落。

那一年的除夕，张家奶奶"蹬腿"的消息，比"窜天猴"还要快地抵达了每一家的庭院。在张家奶奶的儿孙们忙着给她穿孝衣的时候，沾亲带故的人家也面露忧烦，不知该如何协调走亲访友和置办丧事的关系。若在平日，办个丧事，如果主人家不来"打扰"，心里是要存一肚子气的，这气一整年也不能消散，疙疙瘩瘩地，或许一辈子都得记着这点仇。可现在是喜庆的大年，别说是亲戚，就是火化场里，给多少钱怕也没人愿意靠近焚尸炉。况且奔丧完去谁家走亲戚都不高兴，好像这死人的晦气会瘟疫一样沾附在每个人身上。但凡出生或者生孩子时，接受过张家奶奶"洗礼"的自然也要随份子，去吃这场"白事"。想到原本应该欢天喜地拖着自家孩子走亲访友挣压岁钱，却被张家奶奶的"魂"给揪扯着脱不了身，便老大不高兴。可是不高兴还不能表现出来，于是只能在守岁的除夕叹口气，抱怨一句：不早不晚，怎么偏偏赶在这时候？

作为张家奶奶的"关门弟子"，母亲自然不能这样说。她的忧愁显然更为真诚。她甚至因为张家奶奶将接生这件伟大事业传承给了自己，若自己将来死的时候，同样不懂礼数，遭人抱怨，而忧心忡忡。于是她便将一碗饺子全端到香台上去，供奉给魂灵正在升天的张家奶奶。

很快，纷纷扬扬的大雪将饺子覆盖住了。我几次用棉袄袖子擦拭房门上的玻璃，透过黑黢黢的夜色，看那碗饺子是否真的被成了鬼魂的张家奶奶给吃掉了。可是，那里始终是一碗冒尖的白雪，在越来越稀疏的鞭炮声中，孤独静默地站着。

大年初一，张家奶奶家门庭冷落。每个走在雪地里去拜年的人，途经门前时都下意识地歪头看一眼。院子里空空荡荡的，连一只麻雀也没有，好像它们也知道此时来这个庭院一年的好运都将丢掉。在经过了一夜的悲痛之后，张家奶奶的儿女们已经能够控制自己的悲伤。于是被雪覆盖的庭院里便静悄悄的，有着一种寻常的质朴。似乎生活并未因此发生任何的改变，一切都在白色的背景上缓慢流淌，鸡在打鸣，鸭在踱步，狗在雪地上追逐着鸟雀，干枯的树枝将影子投射在低矮的泥墙上。这是新的一天，与过去无数个时日，并未有多少区别的新的一天。

熬过了这一个年节的老人们，心怀着侥幸，感谢老天让自己多活了一个年头。尽管，有可能过了十五也跟张家奶奶一起，去阎王那里报到；可是，终归是跨了年头，没有给儿女带来多少的拖累，也不曾让他们像张家奶奶的子孙们那样为难。所以留下来的老人，便穿了簇新的衣服，打起精神迎接着一拨又一拨晚辈们的磕头祝寿，并顺便与人感叹一下张家奶奶死不逢时。

于是整个村子都在隐秘地颤动着，为张家奶奶带来的这一棘手的事件。如果不与张家奶奶的子孙们同住一个村子、一个巷子，或者紧挨着一堵墙，人们怕是要奔走相告起来。在一场雪都能够让村庄兴奋的枯燥的冬日，一个人的死亡，尤其像张家奶奶这样掌管着全村人"生"的元老的死亡，更为无聊的生活注入了一股新鲜的鸡血。

3天后，张家奶奶的骨灰盒穿过走亲访友的热闹人群，被子孙们悄无声息抱了回来。而唢呐班子与葬礼队伍也稀稀拉拉组建起来。不知是因为下雪，还是人们都约好了，或者大家真的都在忙着走亲访友，张家奶奶出殡的这天人烟稀少。每一个顶着雪花去吊唁的人，都低着头、弓着腰、紧缩着身子，偷偷摸摸地，好像要去做什么见不得人的事。当然，如果不是红白喜事欠下人情，没有人会在喜庆的年节里，去参加一

第六章　风雨

场晦气的葬礼。所以去还人情的,也便猫一样潜入张家奶奶的庭院,又溜着墙根侧身出来,走上一段,与那断断续续、不怎么起劲的唢呐声离得远了,才长舒一口气,似乎卸掉了一个很重的包袱。

黄昏的时候,张家奶奶出殡。出门看的人,愈发少。就连那些平日里争抢花圈抬的小孩子们,也好像消失掉了。整个村庄安静得如同在大雪中睡了过去。不,是死了过去。人的呼吸,也变得微弱起来。大地上的一切,都在雪中肃穆着,似乎它们更懂得一个人死去的悲伤。风在暮色中呼呼地吹过来,那些一路洒落的土黄色的纸钱,便在村庄的上空飞舞。人踩着雪,咯吱咯吱地走在其中会内心惊惧,好像张家奶奶的鬼魂,从冰冷的坟墓里飘了出来,并随着漫天的雪花,飞进每一个庭院,而后隔着紧闭的门窗,永无休止地敲击着、拍打着,叩问着那些隐匿在房间里的人。

没有人给她回答。

只有雪,漫天飞舞的雪,覆盖了整个的村庄……

飞　鸟

环绕着村庄的，是一条连接大道和田野的沙石小路。我甩着一根柳枝，一个人漫无目的地走着。

没人有工夫搭理我。麦子正在拔节，爱说闲言碎语的人们，也纷纷闭了嘴，扛起锄头去自家地里挖草。草比任何庄稼都长得疯狂，好像它们天生悲观，知道时日不多，又有被随时干掉的危险，于是但凡有一丁点泥土、阳光和雨露，便发疯地将根深深地扎下去，又把枝叶无限地向着半空里延伸。甚至连每天都有人走来走去的沙土路上，也被马蜂菜占领了地盘。自然，蚂蚁、瓢虫之类的也混迹在草丛里，爬上爬下，穿梭来往，忙得不亦乐乎。如果这时候我能够像孙悟空一样跳到半空里去，一定会看到整个村庄都在阳光下忙碌不休。鸡鸭牛羊在忙着吃食和上膘，男人女人在忙着锄地和播种，庄稼和果树在忙着生长，就连弟弟这样的小孩子，也在大道上忙着打打杀杀。

于是看上去，村庄里似乎只剩了我，还有枝头的鸟儿，无所事事地在大地上游荡。我也不知道自己要走到哪里去，我只是循着一只布谷鸟遥远辽阔的叫声，朝村子的东边一直走，一直走。

在所有的鸟叫声里，我最喜欢布谷鸟的声音。那能穿越无数个村庄的"布谷布谷"的歌唱，好像来自永远无人能够抵达的茂密的森林，那里道路险峻，野兽出没，群鸟翱翔。它们是大地上的精灵，只需一声辽远的呼唤,就将万物瞬间推进热烈的夏天。村庄里对农事再愚钝的人,听见布谷鸟从大地深处穿越而来的叫声,都会下意识地抬头,看看云蒸霞蔚的天空,自言自语地说一句:麦收就要到了。

但我不关心麦收,那是大人们的事。我只想寻找一只布谷鸟。它的叫声让我在春天里觉得忧伤。它究竟在呼唤什么呢?一声一声,那么执拗。好像它生在这个世间的所有使命,就是为了追寻一些什么。

大路的两边,是粗壮的杨树,也不知是什么年月种下的,一棵紧挨着一棵,枝叶相触在云里,形成两堵绿色的墙,风吹过来,墙便涌动起来,发出哗啦哗啦的声响,像有千万只手抚过静寂的江河。如果我变成一条小小的蚯蚓,一头扎进大地的深处,一定还可以看到这两排高大挺拔的杨树,它们遒劲有力的根,正热烈缠绕在一起,用力地从泥土里吸取着浓郁的汁液。这是地下暗涌的河流,沉默无声却又浩浩荡荡。而在更高的风起云涌的地方,正有布谷鸟苍凉的鸣叫,从巨大的虚空中一声声传来。

我发誓要找到那一只布谷鸟,问问它究竟来自何处?为何每年的春天,都要飞到我们的村庄,站在我从来都追寻不到的地方,悲伤地鸣叫,好像它曾经在这里丢掉了自己的魂灵。

我于是一直一直走,穿越疯狂拔节的无边无际的麦田。最后,我走到了与邻村交界的河边。那条河叫沙河,每年的秋冬时节,它都会枯萎断流,裸露出河床,于是惨白的太阳下遍地都是孤寂的沙子。我不知沙河从哪里来,又最终抵达何处。反正很久很久以前,它就环绕住了村庄,成为所有小孩子捡来的地方。

我问母亲,娘,我从哪儿来?

从沙河里捡来的。母亲顶着满头的豆秸碎屑,漫不经心地回复我。

弟弟也问,那么我呢?

当然也是从沙河里捡来的。母亲拍拍拍打围裙上的白面,随口应付弟弟。

姐姐朝锅底下撒了一把棉花秸，不屑一顾地"哼"了一声。她已经16岁了，不懂得死，却朦胧地知道了生。她从骨子里瞧不起我和弟弟，就像我从骨子里，对一字不识的弟弟，也充满了鄙夷。

此刻，我站在沙河边，看到水正欢快地从某一个遥远的地方奔来。这是春天，大地早已解冻，河水在阳光下闪烁着耀眼的光泽，那里一定漂浮着晶莹的冰粒，从冬天历经漫长的跋涉，依然没有融化的冰粒。因为当我蹲下身去，将手浸入河中，我立刻感觉到沁骨的凉。那是来自源头的凉。我想如果我能一直逆河流而上，一定可以寻到一个了无人烟的地方。在那里，村庄停止了脚步，炊烟灭绝了印记，一切声音消失不见。无边的河流正从神秘的山谷里喷涌而出。而在山谷的上空，我会看到那只穿越无数的时空最终抵达我们村庄的布谷鸟。

可是，我却停在邻村的对岸，再也没有向前。

那时，黄昏已经降临，田野里吃草的牛正哞哞地呼唤着孩子跟它一起回家。村庄被夕阳环拥着，宛若襁褓中天真微笑的婴儿，向着世界袒露毫无保留的纯真与赤诚。邻村的街巷上，女人们正在穿梭来往，寻找着一天没有着家的儿子。一群鸭子拍打着湿漉漉的翅膀，排队走上岸边。河水缓慢下来，大约奔波了一天，它们也觉得累了，需要安静地休息一晚，才能在黎明的微光中继续奔腾向前。

而那只鸣叫了一天的布谷鸟，始终没有出现。

我到家的时候，弟弟正坐在院子里，就着黄昏最后的光，用铅笔刀专心致志地削着一根拇指粗的树杈。母亲喊他吃饭，一连喊了好多声，他都没有回应。他完全沉浸在他的伟大的事业里，尽管我并不明白，他将一根树枝削得溜光水滑究竟要做什么。

不过我并不关心他的事业，我一心想着那只此刻已经了无声息的布谷鸟，它究竟栖息在哪儿；于是闷头喝粥的时候，听到一群麻雀蹲踞在枣树上，偶尔发出的鸣叫，我很想跑出去，再次寻找布谷鸟。我从未在

第六章 风雨

人家庭院里遇到过布谷鸟,它们只在田野里发出苍凉的叫声。那些风雨交加的夜晚,它们隐身于何处,来遮挡风寒呢?它们是不是惧怕人类,或者与人类有过误解与隔阂,所以才从不肯像燕子和麻雀那样,在人家的庭院里、屋檐下,甚至房梁下,建筑巢穴?

没有人回答我的问题,也没有人觉得一只布谷鸟的来与去、生与死,是什么值得关注的大事。对于父母来说,锄草与打农药,是当下最为紧迫的活计。姐姐早已脱离了我与弟弟的行列,就像脱离了低级趣味的高尚人士。弟弟混迹于脑袋后留着"八岁毛"的小团体,每天在村庄里狂奔呼号。只有我,被姐姐们孤立,又找不到喜欢胡思乱想的同伴,于是只能在夜晚来临之后,坐在安静的院子里,静听一只又一只昆虫的歌唱。在这催人入睡的叫声里,偶尔也会蹦出一两声蛙鸣。青蛙当然是在院墙外的,它们和布谷鸟一样,始终与庭院保持着距离。除非是误闯入院墙,一只青蛙最理想的栖息之地,当然是水塘、河边、田地,或者草丛。那么布谷鸟呢?我在院子里见过慌张逃走的青蛙,却从未在任何一棵树上,见过布谷鸟的身影。我甚至怀疑很少走出过村庄的母亲和只知道低头侍弄庄稼的父亲,也不曾见到过布谷鸟。尽管,村庄里每一个人,包括智障人士和婴儿,都熟悉那种响彻山野的"布谷——布谷——"的叫声。可是,它们究竟隐藏在哪儿呢?除了我,似乎再没有人关心这个问题。

弟弟胡乱扒了几口饭之后,依然低头忙着削他的树枝。经过一个晚上的埋头打磨,我终于弄清了他的意图,原来他是要做一个不知用来射人还是打鸟的弹弓。村子里差不多每一个像他这样大的男孩,都有一把弹弓,用榆树或者柳树的木叉,外加一根从旮旯里翻出的废旧自行车车胎,便能够百步穿杨。

你做弹弓打什么?我瞪他。

就是玩。他正打磨得带劲,听见我问,怯怯地回了一句。

哼,你肯定是跟着别人行凶,打了麻雀烤着吃!我一口咬定。

没，我……最怕吃麻雀了……他红着脸为自己辩解。

还狡辩！蚂蚱、青蛙、豆虫，你比耗子还厉害，逮啥吃啥！

弟弟终于在铁打的罪行面前不说话了。他低着头，用力刮着弹弓的手慢了下来。他并不敢直视我，但我却感觉到他的视线，落在了我的球鞋上。他就这样心不在焉地为他的武器做着最后的打磨，然后在我终于懒得搭理他，转身离开的时候，"哎哟"叫了起来。

我看见一滴鲜红的血，从他的左手拇指上涌了出来，并渗入到新鲜的刚刚刮掉树皮的榆木弹弓上。

我本想骂他一句"活该"的，看他疼得龇牙咧嘴的样子，便忍住了。母亲正绣着花样，扭头看见，叹了口气，去院子里掐了一小片芦荟丢给他。弟弟将芦荟叶子细细捻着，很快有黄褐色的汁液滴落在伤口上，那殷红的血，慢慢就淡了颜色。但滴落在弹弓上的血，却渗透进去，变成难以祛除的黯红色印记。

天慢慢热起来了。正午的时候，整个村庄的人都陷入昏睡之中。就连我家房梁下的两只燕子，也倦怠了外出觅食，早晨象征性地去田野里闲逛一圈，便从院墙外嗖一声飞回房梁下的窝巢。那巢是去年建下的，我以为过了一个冬天，它们会忘了这个北方的家；父亲还爬上梯子，仔细察看了一下窝巢的硬度，并跟母亲商量，如果春天它们不来，就铲掉这个有碍观瞻的窝。但暖风一吹，燕子们就千里迢迢地从南方赶了回来，比任何亲戚都更惦念着我们。母亲于是说，看在它们这么有仁有义的份上，还是算了，留下给它们当个家吧。

于是这两只形影不离的燕子，便名正言顺地成为我们家的一员。以至于母亲每天午睡之前，都会抬头看一眼房梁，如果那里正有两只燕子依偎在一起，她才会放下心来。倒是我们姐弟三人，流落在村庄的哪个角落，有没有吃上热饭，她当街喊叫一阵，见没有回音，便骂上一声将我们忘在了脑后。

第六章　风雨

　　弟弟的弹弓，当然不会射向这两只恩爱的燕子。他还算有心，会在院子里放一个盘子，里面盛放一些他从地里捉来的豆虫蚂蚱之类的美味，以便让燕子食用。可惜，鸡鸭们按捺不住，盘子刚刚放下，它们便一哄而上，将虫子抢个精光。后来弟弟学得精了，将碗放到香台上，这样鸡鸭们就只有遥遥仰望的份。但那两只燕子却并不领情，即便外出觅食空手而归，也不靠近盘子半步。这样的清高，倒有些像永远都在野外鸣叫、从不现身庭院的布谷鸟。

　　因为弟弟的这点良善，我便网开一面，放任他每天提着弹弓，在村外的小路上游来晃去。他射杀一切感兴趣的东西：树叶、花朵、苍蝇、蝗虫、蚂蚱、麻雀、斑鸠、鸽子。我在路上遇到过他，一个人隐在一棵粗壮的柳树后，眼睛犀利地注视着茂密枝叶间某个闪闪发光的地方，那里正有一只麻雀在欢快地叫着，丝毫没有注意到步步逼近的危险。麻雀是乡下最不值得怜惜的鸟，于是我白他一眼后就走开了。

　　片刻后，我听到一声惨叫，那叫声不是来自麻雀，而是弟弟。因为技术不佳，石子击在了树干上，又迅速弹了回来，并落在弟弟的手臂上。那枚锋利的石子，当然不会轻饶了他。而他的惨叫，也惊动了那只怡然自得的麻雀，它迅速地飞离，隐没在有万千细碎的金子跳跃的稻田里。

　　我忍不住哈哈大笑起来，一边笑，一边投给弟弟一抹比石子还要尖锐的嘲弄的视线。他当然不敢挑战一个姐姐的权威，于是继续凄凄哀哀地咧着嘴，揉着青紫的胳膊，转身向附近的树林走去。

　　夏天还未到来，树林就已成为男孩们的天下。他们在里面猴子一样爬上爬下，用木头做成的手枪激烈地战斗，在附近的沙窝里掏个坑，架起树枝来烤麦穗吃。当然，他们还会烤麻雀或者肥硕的蚂蚱、豆虫。弟弟经过了一段时间的单打独斗，很快意识到自己力量薄弱，必须加入到群体中作战，才会有所收获。不过也或许，他想蹭别人的劳动果实。反正他被我嘲笑过一次后，便不再孤魂野鬼一样在乡间大道上游荡。

找到组织的弟弟，果然如鱼得水。母亲让我唤他回家吃饭，我只需站在树林边上，大喊他的名字即可。他很快从密林深处蓬头垢面地钻出来，黑着一张刚刚吃过什么的嘴，也不跟我说话，只扭头朝家里跑。

给我站住，你今天又吃麻雀了吧！小心嘴头子烂掉！我在后面冲他喊。

我还试图吓唬他，吃了麻雀人会死掉的。可是他早已在队伍里习得了大量的知识，不再轻信我的恐吓。他甚至在我大呼小叫的时候，还会笑嘻嘻地回头，朝我扮个鬼脸。

不远的地方，麦浪正在风中涌动，大地悄无声息地酝酿着一场铺天盖地的金黄的风浪。而这场风浪，是一只我从未见过、却又无处不在的布谷鸟，一声一声呼唤来的。

在麦收开始之前，弟弟每天都提着弹弓外出。有时他自己一个人，有时与一群狐朋狗友。布谷鸟的叫声，愈发响亮、频繁，似乎它们就近在咫尺。那叫声催得人心慌，至少让大人们着急起来，好像一场大战即将来临。我们学生也躁动不安，为即将开启的麦假。十天的假期，当然不是用来玩耍，而是给父母烧水、做饭、看麦场打下手。只有弟弟这样毫无用处又让大人们觉得碍事的小孩子，才会有闲情逸致每天在乡间小路上四处摇晃。他已经可以很熟练地使用弹弓，看到眼前飞过一只苍蝇，会气定神闲地掏出石子，迅速断其性命。那把沾染过他自己鲜血的弹弓，究竟打死过多少苍蝇、飞虫、青蛙或者麻雀，我并不清楚，但从他看到麻雀时，贪婪地咽下口水的细微动作中，我却知道，他已经迷恋上了这种杀生的游戏。

我忽然间有些恐慌，在一声声激荡鼓膜的"布谷——布谷——"的叫声里。我怀疑我还没有来得及见到那只神秘的布谷鸟，弟弟和他的伙伴们，就会将其残忍地射杀在旷野之中。

到底有多少只布谷鸟，在村庄里啼叫呢？我数不清。但我总是固执地认为，所有的叫声，都来自同一只布谷鸟。每年的春天，它都从遥远

第六章 风雨

的南方，飞越几千里抵达我们的村庄，只为催熟铺天盖地的麦浪。而一旦使命完成，它就消失不见。没有人知道它们去往何处，就像无人知晓它们来自何方。它们从不像麻雀或者屋檐下的燕子一样，喜欢扎堆生活。它们总是孤独的一只，在广袤的平原上，在无人注意的高高的大树上，发出悲凉的鸣叫。老人们说，布谷鸟是一个苦命的女人，因被人虐待哭泣而死，后化身为鸟，在死去的春天里，日日悲鸣。

我想哪一天我见到布谷鸟，一定要跟它说一会儿话，问问它为何如此悲伤。可是，我又去哪儿寻找到它呢？我总怀疑循着它的声音，走到天涯海角，也不能够与它相见。它是一只多么孤傲的鸟啊！

可是，弟弟愈发冷血的表情却告诉我，他知道布谷鸟的所在。至少，他曾经发现过一只飞翔的布谷鸟，见识过它的样子。他嗜血的眼睛里，写满了我想要的答案。

我忽然很想跟踪弟弟，就像弟弟跟踪一切他能射杀掉的飞禽鸟兽一样。我相信沿着他的足迹，一直走，一直走，就一定能够抵达我想见到的布谷鸟的家园——那与依恋人类房檐的燕子们所居住的窝巢完全不同的世外桃源般的家园。

是的，布谷鸟是一种活在虚空中的鸟。它们的声音，日日可以听到，却又遥远到好像来自天边，或者另外的一个世界。我从未见过它们像麻雀那样，成群结队地呼啦啦飞过天空，或者瞬间黑压压地吸附在一整面墙上。我总怀疑麻雀离开了队伍，会惊吓而死。它们就是去偷食人家晾晒在席子上的麦子，也要集体出战。于是人看到了，就张开双臂，发出"嗯"一声喊叫，将它们轰跑。燕子不太扎堆，但它们三三两两地出行，电线上很少会有一只燕子蹲踞在那里"独奏"，三根细长的电线上，总有四到五只燕子，彼此隔着半米的距离，安静地遥望着远处的大地与山林。鸽子更不用说了，它们早就习惯了人类圈养的生活，能准确地辨识回归狭小鸽笼的路线，即便是千里迢迢送信，数月后再回来，依然不会迷失家园。

只有布谷鸟，它们提醒着日渐丰腴成熟的大地，提醒着人类对于五谷丰登生活的向往，却始终与人保持着距离。似乎，传说中生而为人的布谷鸟，在受尽了人间的苦痛之后，再不肯信任人类，于是化身为鸟，高高飞翔，并用这样的姿态，保持着对这片曾经眷恋的土地，若即若离的忧伤注视。

可是，人类并不因此而放过它们。很显然，弟弟与他的同伴在布谷鸟辽远到可以穿透一切尘埃的啼叫声中，忽然生出了好奇，想要知道这样一种鸟，究竟与麻雀、燕子或者鸽子有什么不同。于是他们调转了弹弓的矛头，用袖子胡乱地擦擦嘴上残留的吃烤麦穗留下的黑色印记，在日头盛烈的正午，在大人们都昏沉睡下的时候，满怀着无处发泄的热情，开始了寻找一只布谷鸟的旅程。

而我，坐在偶尔有一两声蝉鸣漏下的庭院里，侧耳倾听着从太阳升起的地方，传来的布谷鸟的鸣叫，忽然生出强烈的预感，早晚，它们中会有一只惨死在弟弟和他的同伴的弹弓之下。

这让我绝望。在这个村庄里，难道只有我认为，布谷鸟的叫声，是来自生命深处，来自大地深处，来自我永远不会抵达的神秘的山林深处吗？难道所有人都看不见，只埋头于田地的耕种与收割，而丝毫不关心一只鸟来自于何方，栖息于何处，又老死在哪一个角落吗？难道它们不是属于村庄的一个部分，不是抚慰了春种秋收所有人间烦恼的精灵吗？

整个村庄都在烈日下沉沉睡着，没有人听到我的心，正不安地跳动。在村里人正午短暂的睡梦之中，就连唤醒大地的布谷鸟的声音，也无法进入。所有的人，都陷入短暂的死亡。除了弟弟。

弟弟是一个人悄无声息地溜出家门的。我听见他的脚步声，幽灵一样消失在南墙根下。一只猫不知是不是做了噩梦，忽然从陈年的麦秸垛上跳了下来，但很快它又神秘地消失掉了。院子重新陷入安静之中，可以听到一只蚂蚁屏着呼吸，踩过一片树叶的声音。一只麻雀啪嗒一声将

第六章 风雨

"天屎"遗落人间。父亲在床上翻了一下身,嘟囔一句什么,又打着呼噜睡去。我回身进屋,躺在凉椅上,看着房梁下两只眯眼睡去的燕子出神。窗外,布谷鸟响彻大地的鸣叫,正一声一声传来。

我在这样的叫声中,想象弟弟带着威严的弹弓,一脸孤傲地游荡在田野里。风一阵一阵地吹过来,撩拨着他脑后细长的"八岁毛",也撩拨着他嗜杀的欲望。这一次,他想要射杀的,不再是随处可见、永远也消灭不尽的麻雀,而是从未现身,却将叫声传遍整个北方的布谷鸟。

于是我做了一个噩梦。梦里滴落在弟弟弹弓上的那些已经发黑的血迹,忽然间变成红色的暴雨,弟弟在没有遮掩的大道上,疯狂地奔走,呼号,却始终没有人前来相救。天地间除了呼啸而至的血雨,就是穿透重重红色雨幕的布谷鸟的悲鸣,复仇一样的悲鸣……

我很快从梦中惊醒。窗外依然是燥热的,天空有些阴沉,好像真的要有一场红色的血雨,倾盆而下。我擦擦额头的冷汗,忽然想去寻找弟弟。

我走遍了整个的村庄,又将东西南北四条大道,都飞快地搜寻了一遍,我还爬到高高的土坡上去,俯视起伏的麦田,试图在麦浪中发现苍蝇一样隐匿的弟弟。我又穿过无边的苹果园,寻找那双瘦弱的小腿。可是,我一无所获。

事实上,整个的村庄,都陷在沉入湖底一样深深的睡眠之中。那些平日里跟弟弟呼来喊去的男孩们,此刻也正在自家的床上,四体横陈,呼呼大睡。

"布谷——布谷——",那嘹亮的叫声,又响起来了。我忽然忆起寻找布谷鸟未果的那个午后,我想我要跟随着这只杳无踪迹的布谷鸟的鸣叫,一直走,一直走。只要跨过那条河流,我一定可以找到梦中哀啼的布谷鸟。当然,更能找到在血雨中呼号的弟弟。

我最终在一大片桑园旁边,遇到了弟弟。

桑园距离沙河,只有百米之遥。有邻村的女人,踩着石头蹚过河来，去村头哑巴家买黄豆芽。又有男人去白胡子家的小卖铺，采购几把镰刀，或者捎一块磨刀石。来来往往的路人里，只有一个背弓的老头，赶着一头黑牛，闲闲地扫了一眼蹲在地上的弟弟。

可惜了一只布谷鸟，叫得好好的，一个石子过来，就没了命。

老头自言自语地一边嘟囔，一边挥一下手中的鞭子，以便让那只试图钻进桑园的黑牛，回归正道。

而片刻前还一脸迷惑的弟弟，忽然就在这句话之后，惊慌起来。

弟弟想要逃走，却一起身看到幽灵一样站在身后的我。

姐姐……我……想打一只毛毛虫……却……

弟弟涨红着一张脸，支支吾吾地想要解释一些什么，最后却被我冷冷地逼视，给吓住了。就连他的"八岁毛"，也惊在了半空。

忽然，半空中一阵喧哗。我抬头，见一群鸽子正呼啦啦路过，并朝炊烟缭绕的地方飞去。

就在我仰头注视着鸽子飞过天空中大片大片晚霞的时候，弟弟已经随着赶牛的老头一起消失掉了。

我蹲下身去，久久地注视着那只寻找了很久的布谷鸟。它已经奄奄一息，眼中带着知晓自己将不久于人世的哀伤，麻灰的身体在轻微地颤动。它的小小的脑袋，枕在一块坚硬的石头上。我轻轻地将石头挪开，那上面已经沾染上红色的印记。它的脑袋，很快地低下去。它在这个世间最后的力气，就是那样平静地，孤独地，看我一眼。

沙河的水，依然在哗哗地向前流淌。这是村庄最普通的一个黄昏。牛在大道上哞哞地叫着回家，粪便从它们的身后，热气腾腾地落下来。女人们也在热烈地叫着，呼唤她们的"牛犊"们吃饭。夕阳将扛着锄头的农人的影子，拉得很长很长。

没有人为一只布谷鸟的死亡，觉得悲伤。

一切都在喧哗之中。这让人无法喘息的喧哗。